ポルタ文庫

真《ま》夜《よ》中《なか》あやかし猫《ねこ》茶《さ》房《ぼう》
楽《らく》園《えん》にいつまでも

椎名蓮月

新紀元社

MAYONAKA
AYAKASHI NEKOSABO

CONTENTS

一

たまのような猫

年が明けた。

村瀬孝志《むらせたかし》がこの土地へやって来たのは四月なので、冬を越すのは初めてだ。夏の暑さもとんでもなかったが、冬の寒さもかなりこたえる。夏と同じで湿度が高いまま寒さが強まるのだ。湿った冷気が骨の髄までしみ通るような寒さ。

異母兄で保護者の小野進次郎《おのしんじろう》は、十一月に入るころ、高校まで自転車通学している孝志を気遣って、防寒着を買ってくれようとした。

しかし、孝志には居候の自覚がある。会うまで顔どころか存在も知らなかった弟の同居を許して学費と生活費まで出してくれる進次郎に、これ以上の迷惑をかけたくなかった。

では、と進次郎は、亡き祖父の遺した未使用の衣類から、手袋やら首巻きやらを掘り起こした。進次郎は、首巻きは布製でタオルほどの大きさのもの、マフラーは毛糸で長いもの、と認識していて、自転車通学には首巻きが適していると忠告してくれた。マフラーは走行中にあたたまりすぎるし、なびかせるとどこかに引っかかって危ない可能性もあるとも教えられ、孝志はなるほどと納得した。

さらに進次郎は、クリスマスケーキをみかげも含めた三人で分け合って食べた翌日、孝志に耳当てをくれ、自転車通学の冬装備は完璧となった。だが、クリスマスのあとから学校は冬休みだったので、三学期が始まるのが待ち遠しい年末を過ごした。

孝志がいま住んでいるのは進次郎の家だ。建物の南側はみかげ庵という喫茶店になっていて、夜になると開店する。夜間営業なのは、店主の進次郎が、日中は猫の姿になってしまうからだ。満月の日だけは例外で、一日中、人間の姿を保てていた。

みかげ庵は、進次郎が猫のときに外で勧誘した近所の猫を店員とする猫喫茶……のようなものである。

元旦だが、満月なので、進次郎は人間のままだ。偶然とはいえ、孝志はうれしかった。初めて兄と迎える新年なのだ。兄が猫でも問題はないが、人間の姿でいてくれるなら、それはそれでとても楽しい。しかもきょうは店も休みで、ゆっくり過ごせる。

「孝志くん、これ、……お年玉」

ガス台の火を消した進次郎は、振り向きざま、着けているエプロンのポケットからポチ袋を取り出した。

兄がせっせと雑煮をつくっているあいだ、孝志は、冷蔵庫からおせち料理の詰まった重箱を出す程度しか手伝うことがなかった。箸と小皿もそろえて置く。テーブルはシンクに平行に設置されていて、椅子は四つあるが、使うのはせいぜい三つだ。

「え、……」

孝志は戸惑いつつ、差し出されたポチ袋を見た。まるっこく可愛いキャラクターが描かれている。そのへんで売っていそうなものではない。わざわざ取り寄せたのだろうか。そんなことを考えていると、進次郎がさらにつづけた。

「たいして入ってなくて申しわけないが」

「いいんですか……？」

「遠慮は無用だ」

進次郎が笑って言うので、孝志はポチ袋を受け取った。

「ありがとうございます。クリスマスにも、耳当てをもらったばかりなのに」

進次郎は孝志に背を向け、鍋の雑煮をおたまで椀《わん》によそうと振り向いた。

「ああ、あれは……もっと早く気づけばよかったよ。寒いと耳がちぎれることがあるから」

「耳がちぎれるって……」

ポチ袋を見ていた孝志は、思わず進次郎に視線を移す。

進次郎は、雑煮をよそった椀を手早くテーブルに置くと、エプロンを外し、壁の定位置にひっかける。兄がシンク側の席に座ったので、孝志も向かい側に腰掛けた。ポチ袋はそっとテーブルの端に置く。

　孝志がよほどびっくりした顔をしていたのか、兄は苦笑しながら自分の耳をさわった。指先が、耳の下を示している。

「ちぎれるといっても、耳たぶのここが切れるんだ。子どものころは髪が短くて、風が強い中を自転車で走っていると、いつの間にかここに血が滲《にじ》んでいたことがあって……血が、粒みたいにつくんだよ」

　説明する進次郎の足もとから、にゃー、と鳴き声がした。テーブルの端の席に、黒猫のみかげが、ぴょんっと跳びのる。次いで、その姿がふわりと美しい男に変わった。

　みかげの本性は、首もとだけが白い黒猫だ。

　みかげが人間の姿に変化《へんげ》すると、繊細な美貌の男となる。いつも身に着けているのはスーツのような黒い服で、黒い手袋もつけている。襟だけが猫のときと同じく白い。そしてしっぽのように長い黒髪が結われて背に垂れ下がっていた。

「……あれは、痛そうだった」

　みかげは椅子に座ったまま、進次郎を見た。

　進次郎が昼間は猫になってしまうようになったのは、みかげがきっかけである。進次郎は人間から猫に変化するが、みかげは逆で、猫から人間の姿に変化する、――猫又、と本人は称する。猫又といえばしっぽは二本だと言われているが、みかげはふつうの猫と同じで一本だけだ。

「お、ミケも憶えてるのか」

「もちろん。おまえのそばにいなくても、姿を見ることはできるのだから」

みかげは言いながら、自分の前に並べられたおせち料理を眺めた。

進次郎は、行事をきちんとやりたいたちだと明言している。だからクリスマスにはケーキを食べたし、正月のためにおせち料理も取り寄せた。

おせち料理を取り寄せる、というだけでも孝志にとってはひどく贅沢《ぜいたく》に思えたが、届いたものはさらにびっくりするほど豪華だった。むかしからのおせち料理に入っている、田作り、黒豆、栗きんとん、数の子、ごぼうに紅白のかまぼこなどはもちろんのこと、ローストビーフや海老、魚介のテリーヌ、花のように整えたスモークサーモン……などなど、こまごまとしたものまで含めたら三十種類以上の料理が三段重ねのお重に詰まっている。それが人数ぶんあるのでテーブルはいっぱいになっていた。

孝志の家ではせいぜい母が栗きんとんをつくる程度で、ほかは買ってきたものをお重に詰めて出していた。年末に届いた荷物の大きさに驚いたが、まさかここまでとは想像していなかったので、ただただ目を瞠《みは》るばかりだった。

「しかし……まさかこのおせち、俺のぶんまで、用意するとはな」

みかげは神妙な顔で進次郎を見た。「年末のクリスマスケーキも、驚きだったが」

「二、三人前を頼んだつもりだったけど、四人前にしてたんだよな。頼むとき、おまえと神さまも数えてたみたいだ。だけどよく考えたら、おまえって猫だろ？　食べられないものがあるんじゃないか？　ケーキのとき、食べたらしばらく元に戻れないとか言ってなかったっけ」

「そのとおりだが、気にするな。……裏の神も、さぞ驚くだろう」

進次郎はおせち料理を四人前、注文していたのだ。自身と孝志、みかげ、……もうひとりのぶんは、きちんと見本通りに重箱に詰めてはあるが、まだ冷蔵庫の中だ。食事が終わってから持っていくのである。――裏庭の、祠《ほこら》に。

この家のちょっとした裏庭にはふるい祠があり、そこには、表側の店のみかげ庵と、この家の建つ土地を守る土地神がいるのだ。

「いや、神さまには去年は世話になったし……」

進次郎はそこで手を合わせた。「いただきます」

「いただきます」

孝志も手を合わせ、復唱する。みかげも手を合わせ、遅れてちいさく復唱した。

「世話になった、か。それは殊勝な心がけだ」

みかげは手をテーブルに置いて、呟《つぶや》いた。箸を手に取る気配はない。

「神さまは雑煮、要るかな」

進次郎は、手にした箸で持ち上げたやわらかい餅を眺め、呟いた。次いで、軽く吹き冷ます。

雑煮をつくったのは進次郎だが、具は白菜と三つ葉で、餅は四角く、軽く焼いてあった。土地によって雑煮が異なるのをうっすらと知っていた孝志は、雑煮の椀に口をつけながら、去年はどうだったかなと思い出す。孝志の家では焼かない丸餅で、具は鶏肉と三つ葉だった。すまし汁なのは同じだ。

「どうだろう……」

箸を動かしていた孝志は、みかげの声にふと目を上げた。ほかほかと湯気が顔に当たる。湯気の向こうでみかげは思案げな表情を浮かべていた。

「ふつうに餅でいい気もする」

「じゃあそうしよう」

「それに神は……あの神はもともと、ヒト、――人間だったか、そうでなかったかは、わからない。人間の食物を供えられれば、供物《くもつ》の気としていただくことはできるだろうが、口にすることはない。何を捧げてもよかろうが、進次郎、おまえや孝志のように、食べることはできないのではないだろうか」

「おまえも?」

「……俺は、熱いものは無理だ」

みかげは神妙な顔で、進次郎を見た。「だから、冷めるまで待たせてもらおう」

「ああ、猫舌ってことか。だったら先におせち食べればいいだろ」

椀から口を離してもぐもぐしていた進次郎が、餅をゆっくりとのみ込んでから、不思議そうにみかげを見た。

「……そうさせていただくとして……この中の食べられないものは、残していいか」

「べつにかまわないよ」

進次郎は、ちょっとだけ笑った。「おまえ、気にしてたの?」

「……せっかくのおまえの心づくしを、ぜんぶ食べられないのは申しわけなく」

みかげは目を伏せた。睫毛《まつげ》が長いなあ、と、おせちの黒豆に箸を伸ばしつつ、孝志は感心した。とにかくみかげの外見は非の打ち所なく美しいのだ。

進次郎は、戸惑った表情を浮かべた。

「おまえがそんなことを言うとはなあ……」

進次郎の言葉に、みかげは、すいっと目を上げた。進次郎に向けられた視線が、ゆっくりと孝志に移る。

「おまえのおかげだ、孝志」

「……はあ」

兄と猫のやりとりを眺めていた孝志は、矛先を向けられて首を傾けた。「僕、……

たいしたことはしていないと思いますが……」

「前にも言ったが……おまえが来てくれたおかげで、俺の抱えていた進次郎へのわだかまりは、消えてしまった」

「わだかまりなんて、あったんですかね」

孝志が言うと、みかげは目をしばたたかせた。

「どういう意味だ?」

「だって、みかげさんは、お兄さんと話せるようになりたかったんですよね。……このあいだ、わだかまり、という単語の意味を調べたんです」

孝志の言葉に、進次郎も、何ごとか、という顔になった。だが特に口を挟むことなく、せっせとおせち料理を口に運んでいる。

「みかげさんの心がねじけているとか、お兄さんに対する不満や不信なんて、あったんでしょうか。お兄さんも、みかげさんにそんな気持ちがあったとは思えないです、今となっては」

みかげは軽く目を瞠った。

「いや、……その、以前の俺は、進次郎に対して、よくない気持ちを持っていた……それを、わだかまりと表現したのだが」

「よくない気持ちを持ってはいなかったでしょう?　だってみかげさんはずっと前か

らお兄さんのことが好きで、心配していたんだから」

「……そ、そうだとしても、……俺の願いが、進次郎を困らせる結果になって、進次郎はそれをよしとしていないのだから……」

　みかげはへどもどしている。

　進次郎が猫になるのは、みかげがそう願ったからだ。みかげは最初、呪いと言っていた。だが、正確には呪いではなく、願いだったらしい。しかし、強い願いは、呪いに近しい性質ではないかと、孝志も薄々察している。

　進次郎はそんなみかげを眺めながら、何も言わず、おせち料理と雑煮を交互に口に運んでいた。ちょっと楽しそうに見えるのは気のせいではないだろう。

「孝志、おまえは新年早々、何が言いたいのだ？」

　困り切ったように眉を下げて、みかげは弱々しく呟いた。

「あっ、その、べつに、いじわるをしたかったわけじゃないです。わだかまり、という言葉の意味がよくわからなくて調べたんですよ。そうしたら、心に不満や不信があることだとわかったんです。でも、……みかげさんはずっと、お兄さんと話したかっただけで、不満や不信があったのかなあ、と不思議になって」

　孝志は少し焦りつつ説明した。とにかく今のみかげは進次郎を大好きにしか見えない。それに、以前の意地悪で突《つ》っ慳貪《けんどん》で高飛車な態度も、今となってみれば、進次郎をだいじに思う気持ちの裏返しだったのではないかと思えていたのだ。

「……俺にとって進次郎は唯一無二だが、だからこそ、孝志、おまえが来るまでは、自分の求めていた関係に移れず、険悪なままで膠着《こうちゃく》していたので、確かにおまえが言う通り、わだかまりがあったというより、やきもきしていたのかもしれない」

「なるほど……」

ふむふむと孝志はうなずいた。

ふっ、と進次郎が息をつく。見ると、兄はニヤニヤしていた。

「何を笑っている、進次郎」

みかげは進次郎を横目で見た。

「孝志くんのおかげで、いろいろとおもしろいことが起きるな。あれだけ俺に怒っていたミケが、こんな殊勝な態度になるとは、去年の今ごろは考えられなかった」

進次郎は箸を止めると、愉快そうにみかげを見た。みかげはばつがわるそうに目を逸らしている。何かやらかして人間に咎《とが》められるとわかっているときの猫のしぐさそのものだ。

「……それにしてもおまえ、季節を問わずその格好なんだな」

改めてじろじろとみかげを見て、進次郎は気になったようだ。その言葉に、みかげはきょとんとして進次郎に顔を向けた。

「格好……この姿か？」

「着てる服だよ」

　確かに進次郎の言う通り、みかげは初めて会ったときから今まで、いつも同じ、襟のあたりだけが白い、スーツのような黒一色の装いだ。手袋もつけたままである。

「どうなってんだ？」

「どう……」

「着替えたりしないのかってこと。夏はその格好で暑そうだったけど、冬は意外と寒そうだと思って」

「着替え、……なるほど」

　みかげが呟くと、その姿がゆらりっとぼやけた。

「おっ」

　進次郎が目を丸くして声をあげる。ふたりのやりとりを聞きつつ地道におせち料理を減らしていた孝志も、思わず箸を止め、まじまじとみかげを見た。

「このように、変えることはできる」

　口をひらいたみかげの装いは、やはり全身が黒くて首のあたりだけ白かったが、着物になっていた。いわゆる着流しだ。布地がやわらかそうで、着慣れた印象がある。涼しげで美しい顔立ちによく似合っていた。

「何十年か前は、こういう格好をしていた。だが、最近はこの装いでは目立つようになったので、あの服装にするようにした。見たことのある装いで、表層を覆っているだけだ」

「見たことがある服装に変えられるってことか？　着替えてるわけじゃないのか」

進次郎が問うと、みかげはこくりとうなずく。口もとが微妙にほころんでいた。

「まあ、そんなところだ。表面の見た目を変えられる、とでも考えてくれ。……きょうは元日だし、この格好でいてもおかしくないだろう」

みかげはやわらかく微笑《ほほえ》んだ。

おせち料理は残しておいてゆっくり食べるものなのは孝志も知っていたので、充分だ、という気持ちになったところで重箱の蓋を閉めた。進次郎もそこそこ残す。みかげはほんの少ししか食べなかった。冷めてから口にした雑煮が重かったらしい。

三人ぶんの重箱を冷蔵庫にしまい込む。それと入れ替わりに進次郎は手をつけていない重箱を取り出した。

「豪勢な供物だ」

着物姿だからか、懐手《ふところで》をしたみかげが、重箱を手にした進次郎を見て感心したように言った。

「賄賂《わいろ》だよ」

「賄賂……」

進次郎の答えに、みかげは溜息をついたが、孝志は首をかしげた。

「神さまに少しでも早くアタリを出してもらうための、賄賂」

進次郎はそう説明する。「孝志くんは、餅を持ってきてくれ。パックに入れたままでいいんで」

「はい」

孝志がうなずくと、進次郎は、一人前の重箱を下から支え持ち、いそいそと台所を出た。みかげがかすかに肩をすくめ、それにつづく。孝志はテーブルの上の箸や小皿などをシンクにまとめて置き、お年玉をズボンのポケットに収めてから、パックに小分けされている餅をいくつか手にして兄たちを追った。

進次郎が重箱を持っているので、みかげが先に立って裏口の扉をあけた。外に出ると、冷気に身が竦《すく》む。快晴で空は雲ひとつないが、建物の北側で陰になっているし、ときおり冷たい風が吹いているせいだろう。

健康サンダルをつっかけて出た進次郎は、そそくさと庭の右隅に進む。裏庭の左手、道路側は駐車場になっているが、右手はちょっとした広場のようになり、周囲は進次郎の背とほぼ同じ高さの生け垣で覆われていた。この範囲が小野家の裏庭である。

庭の隅にはちいさな石造りの祠が置かれている。周りの地面に置かれた平らな石のひとつに進次郎は膝をついた。祠の前に重箱を置くと、祠に向かって手を合わせる。

「神さま、あけましておめでとうございます。これは神さまへの供物の、おせち料理です。今年こそは、アタリを出してください」

……進次郎の呪いを解くには、みかげ庵に来る客が落とす鬱屈《うっくつ》の結晶をこの祠に一度につき十個納め、引き換えに「アタリ」を出さねばならないのだ。

詳しい経緯を孝志はまったく知らないが、みかげも進次郎も、そして、祠にいる神も、そう言う。そのために猫を集めるように言った、と神も証言した。

最初に進次郎からその話をきいたとき、ゲームを引き合いに出されたので、何故そのような仕組みなのか、あまり孝志は疑問に思わなかった。たぶん、神さまにとってもわかりやすいか、やりやすい方法なのだろう。だが、改めて考えると、なぜ猫なのか、謎ではある。

「おお、おまえがヒトのままということは、きょうは満月か」

進次郎が合掌をほどくと、祠の中から明瞭な声がかかった。進次郎はややびっくりしたようにぐらついたが、尻餅をつく前になんとか立ち上がった。

「元日から、めでたいものだ」

祠のちいさな扉がおもむろにあいて、中からふよふよと雲のようなものが漂う。それは以前に孝志が見たときと同じ男の姿になった。進次郎よりは少し年上に見えるが、背丈は孝志とさほど変わらない男は、空色の着物を身に着けている。

彼が、小野家の土地を守る神だ。どう呼んでいいかわからないと孝志が尋ねた結果、今は朔《さく》と名乗っている。

「ご機嫌麗しく」と、みかげが声をかけた。

「おまえはすっかり丸くなって。……しかし、その格好は、久しぶりじゃな」

朔の言葉に、みかげは少し、恥ずかしそうな顔になった。

「丸く、とは……」

「以前よりふっくらして、毛並みもつやつやしたようだ」

孝志は思わず、進次郎の斜め後ろに、控えるように立っているみかげを見た。着物姿のみかげはやや目を伏せている。その姿は、以前よりふっくらしているようには見えない。猫の姿のときも、以前にくらべて何かが変わったように、孝志には思えていなかった。朔は神だから、人間と違う視覚でもあるのだろうか。

「そうでしょうか。自分では、さほど変わったとは思っていませんが……」

「やっと進次郎と通じることができたからかと、儂《わし》は思ったが」

「……あの」

ふたりのやりとりを見ていた進次郎が、遠慮がちに声をかける。「神さま。その、あけましておめでとうございます。これは、おせち料理のお裾分けです……」

　進次郎は繰り返しつつ視線を下げ、なんとなくばつのわるい顔になった。重箱とはいえ食べるものを、石の上とはいえ地面に近いところに置くのはよくない、とでも考えたように見えた。

　しかし朔は気にしていないようだった。

「正月から供物とは、おまえも気が利くようになったな、進次郎。しかも、豪勢な珍品のようじゃ」

　神の態度に、進次郎は少し、安心したように顔をゆるめる。

「神さまには、去年、お世話になりましたから、そのお礼です」

「あの、お餅もどうぞ」

　孝志は、手にしていた餅を、重箱の上に置いた。

「おお、孝志も、ありがとう。しかし進次郎、去年じゃと？　儂は今までもずっと、おまえたちのお世話をしてきたがな」

　朔はニヤニヤしながら、重箱の上に手をかざした。驚いたことに、釣られるようにして重箱がふわりと浮かんだ。蓋の上の餅が、やや揺れる。

「……！」

　進次郎がとび退《の》いて、壁にどんっとぶつかる。みかげが驚いた顔で振り向いた。

「進次郎？」

「何をそんなに驚く」

名を呼ぶみかげの声と朔の声が重なる。そのあいだにも浮かんだ重箱は祠に近づき、開いた扉からするりと中に吸い込まれた。朔は手をおろして進次郎を振り返る。

「そ、そりゃ……驚きます、よ……」

進次郎はなんとか体勢を立て直し、よろよろと前に出た。「ふつうの重箱は、そんなふうに浮いたりしないから」

「おまえの弟は驚いてもいないようじゃが」

朔が孝志に笑いかける。

「いえ、……驚きましたけど……」

孝志は首を振った。

「やれやれ」と、朔は肩をすくめる。「何はともあれ、進次郎、孝志、おまえたちの心配りには感謝する。いれものは、あとで返しておく。よきものを、ありがとう」

重箱の中身を見ていないのに、よきものとわかるのは、神だからだろうか。孝志は少し不思議に思った。

「その……朔さまは、あの中身が何か、わかるのですか？」

そのまま疑問を口にすると、朔は、うん、とうなずいた。

「何かの食べもの。さきほどまでおまえたちもあれと同じいれものから、何か食べていただろう？　同じものだと思ったが、そうではないのか？」

「いいえ、その通りですよ。……見てたんですか？」

進次郎は、こわごわといったていで尋ねた。

「いや、……感じ取っていた」

朔は思案げに顎を撫でながら、孝志から進次郎に視線を移した。「儂はこれでも神じゃよ。おまえたちには想像もつかない方法で、さまざまなことを知れる。この土地の内側に限るが」

「そんなにいろいろ知られてるんですか……？」

孝志の隣に戻ってきた進次郎が、いやそうな顔をして問う。その気持ちは孝志にもなんとなくわかった。プライバシー、という単語がふと浮かぶ。しかしそれを神にどう伝えればいいか、孝志にはよくわからなかった。その横文字が通じる気もしない。

「おいおい。儂を覗き魔のように思うなよ。なんのことはない。たまに、楽しげな空気を感じ取っておるだけじゃ。おまえたちの生活のすべてを見聞きしているわけではない。安心しろ」

朔はやや苦笑気味に告げた。「それより、供物を得たからには、ほれ、なんといったかな。正月にくれてやる、あれを、やろうと思うんじゃが」

「……お年玉、ですか」

みかげが妙な用心深さを見せつつ、口をひらく。

「おお、それだそれ」

朔はそう言うと、くるりと祠に向き直った。腰をかがめ、手を伸ばす。開いたままの扉から無造作に手を入れた。そんなことしていいんだ……と、孝志は少しだけ、呆《あっ》気《け》に取られた。

「む……このあたりでどうだ」

朔はすぐにちいさく呟くと、祠から手をひいた。何か、握っている。

「進次郎。これをやろう」

体勢を立て直すと、朔は握った手を進次郎に向かって突き出した。進次郎は、うっ、という顔をする。微妙に怯んでいるように見えた。

「な、……なんですか」

「おい、儂がセミの抜け殻でも渡すと思っているのか？」

朔はいたずらっ子のような顔になった。「それよりはいいものじゃ」

「べつにセミの抜け殻は平気ですけど」

進次郎の顔から怯みが消えて、どことなくムッとした顔つきになる。

「ならば夏に拾ってとっておいてやろう」

「いや要らないです。それより、お年玉をいただくのはいいんですが……」

　こういうとき、孝志は、進次郎が自身で考えているよりひとがいいな、と思ってしまう。明らかに進次郎は、朔がくれるものがお金だったら申しわけないとか、そういう心配をしているように見えたのだ。

「カネではない。案ずるな」

　朔も、正しく進次郎の気遣いを察したようだ。苦笑した。

「進次郎、おまえの固い頭にはなかなかしみ込まないようなので、親切な儂は何度も繰り返して言ってやるが、儂はこれでも一応、神なんじゃよ。そこそこに神々しいものをやる。手を出せ」

　命じられ、進次郎は渋々ながら朔に向かって、何かを受け取るように両手を出した。朔はそこへ、ぽろり、と丸いものを落とす。

「え……」

　何を予想していたのかわからないが、進次郎にとっては意外なものだったらしい。進次郎は目を丸くしていた。その表情は兄を幼く見せると孝志は思う。

「……なんですか、これ」

　進次郎の手のひらに載ったのは、丸い、ピンポン玉ほどの大きさの球体だった。透き通っていて、載せている進次郎の手のひらを透かし見られるが、表面は虹のような不思議な色味の模様が渦巻き、流れていた。美しい。

「七色宝珠《なないろほうじゅ》」と、朔は得意そうに告げた。「……と、儂は呼んでいるしろものじゃ」

「と、呼んでいる」

進次郎は、渡された玉から朔に目を移しつつ繰り返した。明らかな疑いがまなざしに滲み出ている。

「それを枕の下に入れて寝れば、よい夢が見られる」

「ほかは？」

「ほか、とは」

朔は目をぱちくりさせた。

「いや……夢を見る以外には、何もご利益《りやく》はないんですか？」

「ははっ、これはおかしなことを言う」

朔は声を立てて笑った。「売って生活の足しにでもするか？」

「そういうわけではないですよ。お守りみたいなものかと」

進次郎はやや不服そうに返した。「売ったりとかなんて、考えてないですよ。神さまにいただいたものということは、もうちょっとこう……運気が上がるというか……なんというか……」

「アタリが出るとかですね」

孝志が言うと、それ、と進次郎はうなずいた。

ふふん、と朔が鼻を鳴らす。

「なんじゃ、そういう意味か。残念だが、あの仕組みは、儂がアタリを出すかどうかを決められるものではない。いつも適当に掴んで放り出すからな。アタリだけでなく、この家にあった昔のものも出したが、狙って出せるのはそういうものくらいじゃよ」

「掴んで……どこから掴んでるんですか？」

孝志が問うと、おっと、と朔は口を押さえた。

「んむ。余計なことを言ってしまったな」

朔は独りごちながら口もとで左右の人差し指を斜めに重ねて×印をつくった。進次郎はそれを不満そうに眺める。

「まあ、あまり急《せ》くな。いつかはアタリが出る」

朔は、みかげを見やった。「なあ、みかげ。儂はそう言っただろう」

「……はい」

みかげはこくりとうなずいた。いつもと違い、着物だからか、どことなく頼りない風情だ。最初に口をきいたときから考えると別人のようだな、と孝志は思う。

「おまえは、進次郎と易《やす》く通じ合いたかった。ただその願いは、進次郎を今のようにしてしまった」

神の語り口調は厳かだった。「おまえはここまでのことは望んでいなかったから、元に戻したい、通じ合うことが難《かた》くなっても、万が一、通じ合えぬようになってもいいと、言ったな」

孝志はぎょっとした。

朔の「通じ」る、というのは、言葉が通じる、という意味だと孝志は受け取っていた。だが、朔の言葉を聞くみかげはみょうに思い詰めているように見えて、孝志の内心はざわついた。

もし「通じ」るのが、言葉でなく心だとしたら、みかげは、進次郎とわかりあえなくなってもいいから、元に戻してやりたいと考えていたのだろうか。

もちろん、みかげが呪った……願ったからこそ、進次郎は、満月の日以外の昼間は猫となるのだ。

昼間、人間でいられないのは不便極まりない。みかげはそこまで考えてはいなかっただろう。進次郎にとって不都合が起きるとわかっていたら、そう願わなかったのではないだろうか。

孝志の脳裏を、一瞬で、さまざまな考えがよぎる。なんとなく不安を覚えたが、それが何に対してなのかはさっぱりわからない。取り越し苦労のような気もする。

傍らの兄をちらりと見ると、口が微妙にへの字に結ばれていた。

「そのための仕組みをつくってくれと、……憶えているか」

「はい……その対価は、お支払いいたします、必ず」

「……やれやれ」

答えたみかげに、朔は苦笑した。「儂はこの土地に住まうものを守る神。……みかげ、おまえもその数に入っておる。ゆえに、代償など求めんよ」

朔はそう言いながら、みかげに向かって握った手を差し出した。みかげがおそるおそる、黒い手袋をはめた両手をひらいて出す。朔はその上に、七色宝珠を置いた。

「孝志」

名を呼ばれ、孝志もまさかと思いつつ、手を出した。ころり、と載せられた玉は、大きさのわりに軽く感じられた。透明なのに、七色。どこか矛盾しているな、と思う。

「枕の下に入れて寝るがいい。何か夢を見るだろう」

朔は告げると、ふっ、と笑った。「それが儂からの、おとしだま、だ」


朔が戻った祠の扉が閉じたので、進次郎と孝志は着ていた服のポケットに、みかげは懐に宝珠をしまった。

「みかげさん」

家の中に戻りながら、孝志はみかげに話しかけた。廊下を進みかけていたみかげが、ん、と振り返る。

「何か、孝志」

「あの……対価って、なんの、ですか」

気になったので、尋ねた。「朔さまは、求めないって言ってましたけど……」

「俺は支払うつもりだったが……」

「ひとまず、お茶でも飲まないか」

進次郎が、台所に入りながら言った。「そのあとで初詣に行こう。せっかく、きょうは人間のままでいられるから遠出をしたいけど、どこも混んでるだろうし……」

「では、茶でも飲みながら話すか」

みかげが言うので、孝志はうなずいた。みかげは和室へ向かい、孝志は台所で進次郎がお茶をいれるのを手伝った。といっても、盆や菓子器を出す程度だ。

和室に行くと、電灯と暖房がついていた。みかげは紐《ひも》を引っ張る電灯を点けられるだけでなく、暖房のリモコンも使えるのである。あやかしだが、猫又として進次郎の祖父に寄り添ってきたので、それなりに人間の生活に馴染んでいるのだ。

頭上の機器から吹いてくる風は強いが、まだあたたまりきってはいない。さらに、昨夜、年越しのテレビ番組を見終わってから解散したあと、誰も和室を使っていなかったので、座ると下のほうの空気がひんやり感じられた。

この家ではストーブなどの火を使う暖房はない。進次郎の祖父が晩年、足もとが覚束なくなったので使うのをやめ、暖房はエアコンと電気カーペットに切り換えたのだそうだ。ストーブほどあたたまらないが灯油の管理に神経を尖らせることがなくなったので楽だ、と進次郎は言う。孝志は灯油を用いるストーブをよその家でしか見たことがなかったので、そんなに管理がたいへんなのかと驚いた。

「ミケはこれでいいのか」

「ん」

進次郎が盆から水の入ったコップを置くと、先にこたつに入っていたみかげが振り向いた。みかげはたいてい、こたつの角を膝で挟むようにして鎮座する。猫のときは廊下側の進次郎と、角を挟んだ孝志とのあいだで丸くなるが、人間の姿なので、孝志と進次郎はそれぞれ、みかげが窮屈でないように少し距離を取った。

「ありがとう」

みかげはそう言うと、コップに手を伸ばした。不思議なことに、手からするりと手袋が消える。いったい何がどうなっているのか。謎だ。

「おまえもお茶を飲めればいいのに」

いつもの場所に腰を落ちつけた進次郎は、自分の茶を啜《すす》りながら呟いた。コップに口をつけていたみかげは、一口のんでから進次郎をちらりと見た。

「この姿ならば飲めなくはない」

「え、そうなのか」

みかげの答えに、進次郎は目を丸くする。

「……人間の姿のときは、いろいろと口にできる。だが、その影響が消えるまで、本性には戻れない」

「おまえっていろいろと不思議だよなあ」

進次郎は自分の湯呑みに口をつけながら、みかげの手もとを見た。手袋をはめていないのが不思議なのだろう。

「不思議、か」と、みかげは肩をすくめた。「俺にとっては人間のほうがよっぽど不思議だが……ともかく、俺たちあやかしと、おまえたち人間は、似ているところもあれば、違うところもある。あまり気にするな。俺にもその違いをどう説明していいかわからん。……だが、さきほどの対価の話なら、なんとか伝えられる気はする」

みかげは言いながら孝志を見て、ちょっと笑った。そのまま忘れられるか、説明されずに済まされるかもしれないと思っていたので、孝志はびっくりしてしまった。

「対価、ね」

進次郎は湯呑みを置いた。「そういや、あのひとたちもそんなこと言っていたな」

「久遠《くどお》さんですね」

真夏に現れた術者を、孝志は思い出す。「何かしてもらったら、相応のものを返す。逆に、自分がした相手にも、相応のものを返してもらう。……術者はそうしています。あやかしも」

「それは神も同じだ。まあ、ところによって、ひとによっては、神もあやかしの一部のようだが。――俺は、……進次郎、おまえをもとに戻す方法を調べ、神に相談して、今の結晶の仕組みをつくってもらった」

みかげは、進次郎をじっと見た。孝志はふたりからやや身を退《ひ》いて、ふたりを眺める。進次郎は、それで、というようにみかげを見返した。

「だから、ほんとうはその対価を、支払わねばならなかったが……」

「免除してくれたのか」と、進次郎が尋ねる。

「そのようだ。ありがたいが、申しわけない……」

みかげの答えに、進次郎は微妙な顔つきになった。何かを慮っているような、あるいは、少し気分を害したような、……孝志にはその表情の意味が読み取れなかった。少し怒ったのか、という印象さえ持った。

「ほんとうだったら……何を対価にすべきだったんだ?」

進次郎は、やや逡巡《しゅんじゅん》気味に口をひらいた。

「何を?」

みかげが、不思議そうに首をかしげた。「それは、わからない。……何か持っていればそれを差し出しただろうが、俺は何も持っていない。神が求めれば、求めたものを差し出すしかなかった」

「何を求めるのがふつうなんだ？」

進次郎の表情が和らぐ。みかげのしぐさが可愛かったからだろう。

「ふつう」と、みかげは苦笑した。「といっても、……俺はほんとうに何も持っていなかったから、神も、求めようがなかったのかもしれない。差し出せるものなぞ、この身と、積み重ねてきたこれまでのことしか……そのようなもの、神にとっては持て余すだけだったのではないだろうか」

積み重ねてきたこれまでのこと、という表現に、孝志はどきりとした。それは「記憶」そのものなのだろうか。何も持っていないというなら、それはみかげにとってのすべてに等しいのではないだろうか。

みかげにとって、進次郎はすべてをなげうってもいいほどに重要なのだと、改めて孝志は思い知った。その気持ちはわからないでもない、とも思う。自分がみかげと同じことをできるかどうかはともかく、孝志にとっても進次郎はとても大切な存在になっていたからだ。

「あるいは、俺の猫としての可愛さ……とか」

冗談かと思ったが、みかげは真顔だった。

「何を言ってるんだよ、正月から」と、進次郎は呆れ笑いをする。「それにしても、あの神さま、太っ腹だな。つまり、ガチャの仕掛けをただでつくってくれたってことだろ」

進次郎の言葉に、みかげは神妙な顔をした。

「ああ。俺がご迷惑をかけてしまったのに、大らかでいらして、ありがたい」

「しかし、釈然としないが……あの神さまにはもっと感謝したほうがいいのか」

進次郎は複雑な顔をした。

「釈然としない……」

孝志は思わず繰り返す。

「だって、そうだろう。……元に戻す手段をつくってくれたことについては、感謝すべきだと思うんだが……よく考えたら、俺がこうなったのは、」

「俺のせいだ」

みかげはそっぽを向いたが、自然と孝志のほうを向くことになった。すぐに気づいて困ったような顔をする。孝志は思わず笑ってしまった。

「みかげさんも、悪かったとは思っているんでしょう」

「……」

孝志が指摘すると、みかげの白い頬が、少しだけ赤らんだ。いつもだったら、猫に戻っているのではないだろうか。

「ほんと、おまえのせいだよ」

進次郎はそう言うと、自分から顔を背けたままのみかげの頭に手をやって、撫でた。猫のときのみかげの背を撫でるときと同じ撫でかただった。

「……」

みかげは黙って、されるがままになっている。進次郎のほうを向かないのは、猫のときと同じだ。

「まあ、今の状態は困るけど、元に戻れる方法がないわけじゃないから、勘弁してやるよ」

孝志は何も言わなかった。

孝志が進次郎と一緒にいられるのは、兄が猫になってしまうからだ。いつかは元に戻るはずだが、その後も一緒にいられるかどうかは、わからない。今の孝志は未成年であることと、兄の不都合を補うことができるから、この家に置いてもらえているのだと考えている。

そうした条件が失われても兄のそばにいるには、どうしたらいいだろう。

お茶が冷たくなったので、その後は初詣に行った。といっても、徒歩で十分とかからない、近所のちいさな神社だ。町内会の係のひとたちが焚火《たきび》をしたり、おとそを配ったりしていた。

小さな神社といっても、このあたりでは、だろう。孝志の住んでいたところにあった神社の数倍は広かったし、敷地をぐるりと取り囲むように生えている木々はどれも丈高く、敷地をうっすらと暗くしていた。中に入ったのは初めてだったが、通り過ぎるときは、家と家のあいだにいきなり森があるように見えていた。

町内会のひとたちと少し話をして、お詣《まい》りをした。町内会のひとたちの中には孝志を知らない者もいたので、進次郎が改めて弟だと紹介した。複雑な関係なのは知っているのかそれとも指摘しないだけの分別はあるのか、そうなんだ、程度の反応で済んだのはありがたかった。

不思議なことに、誰もみかげについては何も言わなかった。どうやら見えていないらしい。みかげも特に気にしたふうもなく、進次郎の斜め後ろにこっそりついて回っていた。

「おまえって、そのままでも外に出られるんだな」

神社からの帰り道、進次郎が歩きながら隣のみかげに問う。正午を過ぎて、陽射しが少しやわらぎ、風が吹くと弱くても冷たくて寒さを感じた。もちろん孝志はちゃんと冬の上着を着ている。コートは持っていない。自転車通学なので、コートではなく大きめのウインドブレーカーを制服の上に着用しているため、私服で外に出るときは厚手のジャンパーを着る。これも進次郎の祖父のものだ。進次郎は新しいのを買うと言ってくれたが、使えるならと、孝志が譲り受けたのである。かび臭くもなく、故人のにおいがついているわけでもないので、孝志は特に気にしなかった。

「そのまま……人間の姿で、という意味でなら、それはそうだ」

みかげはこくりとうなずいた。「複雑な説明は省くが、これは見えている姿だからな……見えない者には見えない。だからさっきの社《やしろ》でも、俺に気づかぬ者ばかりだっただろう」

「見えている姿……」

進次郎は眉を寄せた。

孝志は両親が術者だったので、ある程度、あやかしに関する知識はある。だが、進次郎はそうではない。ひっかかりがあるのはいたしかたないが、もともと「幽霊などいない」と考えている人間に、感知できる・できないの個人差がある怪異について、わかりやすい説明をするのはかなり困難ではある。孝志はそうした説明を進次郎によどみなくできるほど語彙《ごい》が豊富ではなかった。おかげで進次郎は、「あやかしのようなものが存在しても完全に信じられないし、それは別としてみかげはしゃべる猫」という姿勢を維持するようだ。

歩きながら進次郎は、手を伸ばして、みかげの顔にさわった。みかげがぎょっとした顔になる。みかげと孝志で進次郎を挟むようにして歩いていたので、孝志には進次郎がどんな顔でそのようなことをしたかはわからなかった。

「何を……」

みかげはまばたいた。バス通り沿いの狭い歩道に出たので、すぐに進次郎は手を離した。進次郎を先頭に、みかげ、孝志とつづく。

「見えている、というか、さわれないのかと思って。さわれたぞ」

進次郎は笑って振り返った。「ほかの、おまえを見えていないひとには、俺がおまえをさわってても、何をしてるのかと思うんだろうか」

「そのとおりだ。……人前ではしないほうがいい」

孝志はその会話を聞きながらきょろきょろあたりを見まわした。バス通りではあるが、道路沿いは畑が延々とつづいている。振り返ると神社の森が見え、その周囲にまばらに民家があった。バス通りの先には橋があり、その向こうはもう少し家々が多くなる。元日の昼間で、同じように初詣に向かう人影や、ときおり道路を走る自動車はあるものの、いつもより多いのか少ないのか、孝志にはよくわからなかった。どちらにしろ、孝志の知っている新年の町とはかなり違う。両親に連れられて出た正月はどこも人混みがすさまじいほどだった。

とにかく、今のこの場所は人の影はまばらどころかほとんど近くになく、誰かが今のやりとりを見ていたとは思えなかった。もし見ていたなら、進次郎が空《くう》を撫でたようにでも見えたのだろうか。

十字路の交差点でとまると、進次郎は不思議そうにみかげを見た。孝志はみかげを挟んで立ち、進次郎を見る。

「なんで俺にはおまえがさわれるんだ？」

「見えているからだな」

みかげは即答した。「なぜ見えるかは、見えるから、としか言いようがないぞ、進次郎」

「……つまり、そういうこと、ってわけなのかな、孝志くん」

進次郎の視線が、孝志に向けられる。孝志はちょっと笑った。みかげを挟んでいるから、傍《はた》からは、少し距離をとって言葉を交わしているように見えるのかもしれない。

「そうですね。そういうことです」

孝志はちょっと笑いながらうなずいた。

孝志は二階の和室で寝ている。入浴前に暖房を入れておかないと、寒くて風邪をひきそうになるので気をつけなければならない。そのついでに布団も敷いて、すっかり寝る準備を調えてから入浴するのが習慣になっていた。

冬は敷き布団に古い毛布を敷いてからシーツをかけるといい、と進次郎に教えてもらってそうしている。エアコンが頭上にあり、寝るときはほぼ畳に近いので、下のほうはいくらか冷気が漂ってはいるのだ。しかし毛布を敷いた上に寝ると、心地よく寝つけた。

入浴を済ませ、もうすっかり寝る準備を調えた孝志は、掛け布団を少しはぐってそこに座った。ちなみに掛け布団の上にも毛布をかけているし、内側にも薄い綿毛布がある。孝志の着ているパジャマは進次郎が買ってくれた冬用で、もこもことあたたかく柔らかい厚手の生地だ。少しでも防寒をおろそかにすると、いちばん冷える明けがたに目がさめてしまう。かといってエアコンをつけっぱなしにすると空気が乾燥して喉が痛むので、寝ついたあとはタイマーで切れるようにしていた。

寒さが増してから、孝志が相談するより先に進次郎が気遣って、いろいろと教えてくれたコツばかりだ。確かに、教えられたことをひとつでも欠かすと、起きなければいけない時刻よりかなり早めに目をさましてしまう。

布団の上で胡座《あぐら》をかいた孝志は、枕もとに置いた七色宝珠を眺めた。風呂に入る前にみかげに、忘れず寝るときに枕の下に入れるよう言われたので、着替えを取りにきたとき、ちゃんと寝室の枕もとに置いておいたのだ。

手に取って改めて七色宝珠を眺める。ピンポン玉ほどの大きさで、見た目よりは軽いが、ピンポン玉よりは重い。ピンポン玉と違って中身が詰まっているからだろう。

それにしても、と孝志は思う。これを枕の下に入れたら、ごつごつしてしまうのではないだろうか。少し考えたが、せっかくの神さまの厚意でもあるし、と、試しに枕の下にそっと滑り込ませた。

枕は、圧《お》すとやわらかくへこむ素材だ。だからか、横になり、宝珠を下に入れた枕に頭をのせても、とくに違和感はなかった。

孝志は内掛けの下に足を入れながら、掛け布団と毛布を肩まで引っ張り上げた。長くした電灯の紐をひくと、室内が暗くなる。天井近くの片隅でエアコンが稼働しているランプが見えた。
二、三度まばたいた孝志は、目を閉じて、やがて眠りに就いた。

＊

気がつくと、霧の中にいた。

みかげ庵に初めて来た日に見た夢は、暗い店のようなどこかにいつの間にか座っていたが、この夢はどうやら違うようだった。

霧の中、ためらうことなく孝志は歩く。たいして歩かずに、どこかに出た。庭だ。しかも、みかげ庵の前庭だ。そう気づくと同時に霧が晴れた。

（ただいまぁ！）

子どもの声がして、孝志の横を小柄な姿が店へと駆け込んでいく。黒いランドセルを背負った小学生だった。

孝志はその子のあとにつづいて店に入った。

みかげ庵だ。だが、孝志が知っているみかげ庵とはどことなく違っている。どの席にも灰皿が置かれていて、ほかにも、塩の瓶や砂糖壺の載った銀皿が置かれていた。

今のみかげ庵は、窓ぎわが喫煙席にはなっているが、灰皿は言われないと出さないし、それ以前に、猫を愛《め》でるために来る客はわきまえていて、喫煙などしないのだ。

しかしこの店内の席はほとんどが塞がっていて、窓ぎわの席ではしきりに煙草をふかす男性の客がいた。そちらのほうは少し煙っているようにも見える。

レジの脇には新聞や雑誌の入っているラックが置かれている。さらに見まわすと、今は猫用の棚がある場所には、マンガ雑誌の詰まった低い書棚が置かれていた。

（おかえり、進《しん》）

カウンターの中から、背の高い初老の男が笑いかけた。孝志は、彼に会ったことがあるような気がした。どこでだろう？　わからない。エプロンをつけて、コーヒーのカップを洗っている。だが、そのエプロンは孝志も見たことがあった。古いのであまり使わないのだと進次郎が言っていた。

（おじいちゃん、おかあさんは？）

（……中にいるよ）

カウンターの男は、少し、悲しそうな顔をした。（気分がおさまったら、手伝ってほしいと言ってくれないか）

（う、ん……）

ランドセルの少年は、ややためらいがちにうなずいた。が、すぐに気を取り直したのか、店の奥へ入っていく。孝志は彼のあとを追った。

小学生は台所の硝子《ガラス》戸をちょっとあけて、中を覗いた。台所は古く、孝志が知っているのとは少し違っていた。古いシンクと、瞬間湯沸かし器。薄い緑色の冷蔵庫。床の模様。何もかも、孝志の知らないものだ。

少年はすぐに戸をしめて、今度は和室をあけた。冬なのか、こたつが置かれている。そのこたつに胸まで入って横たわる者がいた。

(おかあさん!)

(……進、うるさい。頭痛いのよ)

横たわっていた者が、かすれ声で不機嫌そうに言い放ちつつ、ごろりとこちらを向いた。まだ若く見える女性は、美人といっていい造作だった。だが、不機嫌そうな表情の印象が強すぎて、きれいと感じる以前に怖いなと孝志は思った。彼女にも会ったことがあるような気がしたが、思い出そうとする前に、少年がランドセルをおろしながら女性のそばにぺたりと座ったので、そちらに意識がひかれる。

(ごめんね、……あのね、おかあさんに、見せたくて)

(なに?)

女性は顔をしかめて少年を見た。ほとんど睨みつけているような表情だった。

……神さまは、いい夢を見る、と言わなかったか。孝志はそう思ってしまった。それくらいには、この女性が、我が子であるはずの少年を、少なからず疎《うと》んでいるように感じられたのだ。

(えへへ)

少年はちょっと得意そうに、ランドセルから出した紙を広げた。(こないだのテスト、

返ってきたんだよ。ね、ほら、見て)

(……何よ)

少年が広げて見せたのは、テストの解答用紙だった。百点だ、と孝志は驚いた。実のところ、孝志の成績は悪くはないが、百点を取ったことなど、小学一年生のときしかない。解答用紙に書かれた学年は四年生のようだった。

(……)

母親が黙ったまま、顔をしかめてその紙を睨みつけているので、少年もさすがに、自分が想像した展開になっていないと気づいたようだ。

(百点ね)

ようやく母親は口をひらいた。それからゆっくりと身を起こす。結っていない、中途半端に長い髪が、さらさら流れた。

彼女は解答用紙を手にすると、じろじろと眺めた。

(すごいじゃない。算数で百点なんて)

しかし、その声音はどことなく不穏だった。少年も、孝志と似た感想だったのだろう。いや、孝志より不安だったのかもしれない。おずおずと母親を見上げている。

(わたし、百点なんて取ったことないわ。それも、算数でなんて。何、これ、自慢されてるの?)

孝志はこれ以上ないくらいびっくりして、まじまじと母親を見た。

三十代に見える女性だ。我が子が百点のテストを持って帰ってきたのに、どうしてこんなことを言うのだろう。本当に、孝志にはわけがわからなかった。

少年も、ぽかんとして母親を見上げている。

(ちがう……自慢じゃなくて……)

少年は、口を何度もあけたり閉めたりした。

褒めてほしい、と言えないのだろう。

(こんな、小学生のテストで百点とったって、たいしたことないのよ。どうせ大人になったら忘れるわ。あんただって、これでべつに学校でいちばん頭がいいって決まったわけじゃないでしょ。なのにそんないい気にならないでよね。恥ずかしい)

次々に放たれる言葉の弾丸に貫かれたように、少年はうなだれた。

(そうじゃなくて、……おかあさん、百点とったら、ぼくのお年玉、返してくれるって……)

(ああ、それ。なんだ、お金がほしくてがんばったの？　浅ましいわねえ)

孝志は何か言おうとしたが、言葉も声も出なかった。

浅ましいと言われて、うなだれたままの少年はますます身を強《こわ》ばらせたようだ。

(わかったわよ。約束だものね。無駄遣いしないでよ)

母親はふらふらと立ち上がると、和室の隅にある茶簞笥《ちゃだんす》をあけた。今では置かれていない家具だ。そこからお菓子の缶を出すと、蓋をあけて中からポチ袋を取り出した。あのお菓子の缶だ、と孝志はすぐに気づいた。兄が結晶を入れている缶は、こんな昔からあったのだ。

（はい）

母親は、ふわふわの動物が描かれているポチ袋を、無造作にぽいっと少年の前に放り出した。孝志は、信じられない、という気持ちになった。お金の入った袋をぞんざいに扱うなど、どう考えてもまともではないように感じられる。

（あんた、すぐくだらない本とか買うけど、無駄遣いしちゃだめよ）

くどくど繰り返される言葉に怯えたのか、少年はおずおずとポチ袋に手を伸ばす。それから、おそるおそる中を見た。

（一枚しか入ってない……）

上目遣いで、少年は母を見上げた。母親は鼻を鳴らす。

（いやあね。わたしがあんたのお金を盗《と》ったとでも思ってるの？　ちゃんと出して見なさいよ）

促されて、少年は慌ててポチ袋の中身を取り出した。折り畳まれた札をひらき、目を瞠る。

（五千円だ……）

（そうよ。あんたには過ぎた金額よ。預かってあげてよかったわ。感謝してほしいくらいなのに、盗ったと思うなんて、ひどいわ）

女性は気を悪くしたように声を荒らげた。

（そうじゃなくて……犬飼《いぬかい》さんが、ふんぱつしたよって言ってたけど……こんなにもらってると思わなくて……）

（だからって、本を増やしたりしないで。いいわね？）と、母親は念を押す。（あの犬飼さんも、あんたと会うのは初めてなのに、小学生にこんな大金くれるとか、どうかしてるわよ。変わったひとよね。お父さんの友だちなんて変わったひとしかいないけど、わざわざ仔犬を連れて歩くなんて。引き綱もつけてないなんて、逃げないのかしら。へんな犬だったわあ。どこの雑種かしら）

母親は早口でまくしたてながら、再びこたつに入る。そのまま横たわった。腹のあたりまで上掛けを上げて、その上に両手を載せている。

（おかあさん、おじいちゃんが、気分がおさまったらお店を手伝ってほしいって言ってたよ……）

（やだ。おさまってないから行かない。頭もだけど、お腹も痛いのよ。あんたにはわかんないでしょうけど。お父さんにもね）

少年が心配そうに母親を見る。

（なでなでする？）

（……うん）

驚いたことに、険しい顔のまま、母親はうなずいた。少年は母に近づくと、こたつ布団のかかった上から、母親の腹をそっと撫でさすった。

（ああ……いい子ね、進。あんたに撫でてもらうと、少しはいいわ）

ますます孝志は驚いた。険しかった表情が緩んでいる。よく見ると、母親は確かに顔色がよくなかった。

その態度の剣呑《けんのん》さばかりに気をとられていたが、実際に彼女は具合がよくないようだ。不機嫌なのはそのせいかもしれない……だが、孝志はそれでも、彼女を気の毒に思えなかった。具合が悪いとしても、少年に対する発言が、とても見過ごせなかったからだ。

いい子、と言われると、少年はほっとした顔になった。

（ごめんね、おかあさん。いつもあんまりいい子じゃなくて……）

（それはいやみだわ。進、あんたはいい子よ。鬱陶《うっとう》しいくらい）

母親は笑って言う。（ほんと、いやみなほどいい子よ。……悪い子はきらい）

孝志は、胸がぎゅうっと圧し潰されるような感覚を覚えた。

我が子を疎んじる態度を見せ、きつい言葉を吐きながらも、同じ口で、いい子だ、と告げる。鞭《むち》と飴を交互に与えているのだ。

少年はまだ幼くて、母親は自身の気持ちだけに従っているとは気づいていないだろう。くるくる変化する感情に翻弄され、自分が悪いのだと思わされ、少しでも母親によく思われたがっているのだ。……もっとも身近な存在のはずの母親に、このような扱いをされたら、ひとを信じることなどむずかしくなってしまうに違いない。少なくとも孝志は、母にこんなふうにされていたら、誰といても相手の機嫌をいつ損ねるかと、びくびくしてしまいそうだ。

そんなことを考えていると、にゃあん、と猫の鳴き声がした。かりかりと音がして、奥の和室の襖《ふすま》が少しあく。隙間から、黒い鼻面がのぞいた。

（ミケ……）

母を撫でていた少年が、怯えたように手を止めた。

（猫はほっときなさい）

母親は目を閉じて言った。（あいつはあんたが好きなのよ。でもあんたはあいつをきらいでしょ）

（……うん）

少年は、母親を見て、うなずいた。（そうだよ。僕、ミケ、……好きなんかじゃな

いよ）

……孝志はひどく悲しい気持ちになった。

孝志は、みかげ庵に来てから妙に印象に残る夢を見ていた。起きてすぐのときに内容は憶えていても、時間が経つと忘れてしまうため、印象しか残らないのだ。そして、同じような夢を見ると、その夢の中では思い返せるのである。脳の中で、夢の記憶を残しておく部分を、起きているときには使っていないのだろう。なんとなく、孝志はそんなふうに考えていた。

だが、今回の夢は、起きても憶えていた。

母親の気まぐれに心を傷つけられる少年。……あれは、幼い兄だった。

もともと進次郎には、母親の愚痴を聞かされている。初めてみかげ庵に来た夜、夢に出てきた気もしている。

だが、改めて進次郎の母親の言動を知ると、腹立ちとやるせなさがないまぜになって、どうしていいかわからなくなる。

悲しみとともに、怒りに似た感情が、胸の中でぐるぐると渦巻く。

……夢の情景が事実であることを、孝志は疑わなかった。それは進次郎にとっては、終わった過去で、どうしたって変えることはできない。だが孝志は、過去とはいえ兄が信頼したかった相手に傷つけられていたかと思うと、自分がそのときからそばにいられたらよかったのに、と、どうしても、考えてしまう。

兄を知り、一緒に暮らし、そして家族との関係性を聞くたびにその思いは強くなる。

時間を巻き戻すことなどできない。過去をみることは……あやかしに関わる力が強まれば、可能だろう。ものや場所に宿る記録とも呼べる過去の情景を読み取る術者がいるとは聞いたことがある。だが、過去を改変することは、できないのだろうか。

孝志はそんなことを考えつつ、起きて身支度を済ませ、階下に向かった。いつもなら学校の始業時刻だ。お正月だからもっと寝ていてもいいのだが、目がさめてしまったのだからしかたがない。

昨夜の夕食はすきやきだった。小野家では元日の夜はいつもそうらしい。年末のうちに夜になってから進次郎と一緒にスーパーで買い込んでおいた肉や野菜を好きなだけ食べて、最後はきしめんを入れた。孝志にとってなじみのない麺だが、進次郎は夏にも冷たいきしめんを夕食につくっておいてくれたことがある。香露《ころ》というそうだ。おそらく小野家に来てから、うどんよりきしめんをたくさん食べているだろう。

すきやきの残りが入った鍋を火にかけると、冷気に満ちていた台所があっという間にあたたかくなる。冷蔵庫からたまごを取り出して、鍋に入れてかき混ぜた。おせち料理の残りも出してテーブルに置くと、引き戸の向こうでカリカリと音がした。夢の中とは違い、今は硝子の引き戸ではない。床も、古びた幾何学模様ではなくぴかぴかの木目模様だし、冷蔵庫も白い。孝志は夢の情景を思い出しながら、引き戸をあけた。

にゃあん、と声がする。足もとにいるのは白猫だった。その後ろから、のそのそと黒猫がやってきて、ちょこんと座る。黒猫の首もとは三日月のように白い。

「おはようございます、お兄さん、みかげさん」

声をかけると、白猫はもうひと鳴きしてから、するりと台所に入った。進次郎は猫の姿のときは猫の餌をたべる。餌場は台所の隅の壁ぎわだ。孝志は戸棚から取り出した餌を、ふたつの容器にざらざらと流し込んだ。水の器を取り上げて軽く洗い、もとの位置に置いてから新しい水を注ぐ。

猫たちの食事の気配を背後に感じつつ、鍋の火を止めて、たまごで固まったぶんだけ具を器によそった。鍋の中身はまだ残っているので、そのまま蓋をする。夜にまた何か具を追加して食べられるかもしれない。一緒に暮らすうちに、孝志は進次郎の食生活にかなり慣れていた。料理の残りを廃棄せず何かしら手を加えてきちんと食べきるのは、孝志としても罪悪感が生じずに済んで助かっている。

生活をするうえでそういった感覚が近いのはありがたいな、と、孝志は改めて思った。あの夢を思い返して、妙な腹立ちを覚えたせいのようだ。自分のことなのに、ようだ、などと確信できないのは、自分の心の動きがよくわからないからだった。

夢の中で、あの女性は具合がわるそうだった。それにしても、自分の子どもにあんな仕打ちはないだろう。物言いもあまりにも乱雑で、どうしてそうなるのか、と孝志は驚くばかりだった。

おせち料理の残りと玉子とじの朝食を口に運びながら、孝志はぼんやりと考える。自分の母と比べると、夢の中の女性はずいぶんと意地悪なように感じられた。なぜあんな意地悪を言うのだろう。

ひとに意地悪をする、という感覚が、孝志にはよくわからない。今までに意地悪なことをされたことはあるが、それは、相手が自分を嫌うか遠ざけたいからだと考えていた。だから、学校で、誰かからいやなことを言われたり、されたりしたときは、その相手と離れるように努めた。

なのに、相手から近づいてきて、さらにいやなことを言ったり、したりする者もいた。そこまでされると孝志の体質のせいで、たいていが何かの難を受けて、孝志の視界から消えたわけだが。

自分の子どもに、いい気になるな、という物言いをするのは、いったいどういう思考からだろう。得意気になりすぎたのをたしなめても親としておかしな振る舞いでないのは孝志にもわかる。だが夢の中の女性の言動は、八つ当たりにしか感じられなかった。

百点を取ったとうれしそうだった少年を、彼女はひと言も褒めず、むしろ貶《けな》していた。彼女の言うように、少年が「いい気にな」っているように、孝志には見えなかった。そわそわした表情は、母親に褒めてほしがっているように見受けられた。彼女はあれを「自慢」と見たのか。自分の子どもなのに……考えても、答えは出なかった。

いろいろなひとがいる、というのは、孝志にもわかる。もちろん、理解できない相手がいるのも、わかっている。それでも不可解すぎた。できればあの夢の中に出てきた女性のことは考えたくない。だが、彼女は少年の母で、……あの少年は、母に、いい子だと言われたがっていた。

猫を好きではないという言葉も、母に促されその希望の通りに告げただけのようにしか思えなかった。

……考えても、どうしようもない。孝志は自分で用意した食事を食べ終えてから、はあ、と溜息をついた。食器を洗って決まった場所に置き、洗面所に行って歯を磨く。洗面所を出ると、二匹の猫が廊下にちょこんと座っていた。

「どうしました？」

孝志が尋ねると、白猫が和室の襖をかりっと掻《か》いた。こたつに入りたいのだな、と孝志は思い、襖をあける。猫たちはするりと和室に入っていった。中は冷え冷えとしている。孝志は暖房をつけ、こたつをつけた。白猫はこたつのそばで、にゃー、とちいさく鳴いた。

「はいはい」

内心で苦笑しつつ、孝志はこたつの上掛けをあげてやった。明るくなった中に、白猫がするりと入っていく。どうしてか、進次郎は猫のとき、こたつの上掛けを上げてほしがる。自分で入れないわけではない。孝志にやらせようとするのである。それが孝志にはどことなくおかしかった。

孝志がこたつに入ろうとすると、また、にゃあん、と鳴き声がした。さすがに半年以上過ぎたので、白猫と黒猫の鳴き声の区別はつくようになっていた。

「みかげさん？」

呼びかけのような声に応じると、黒猫、——みかげは、まじめな顔をして、孝志を見上げている。何か言いたそうに見えるのは、気のせいか。

立ったまま孝志が首をかしげると、みかげはすいっときびすを返した。閉じたばかりの襖の端に手……前肢をかける。かしかしと音がして、襖がちょっとだけあいた。外に行きたいのだろうか。さすがに孝志にもそれは察せられたので、襖に手をかけ、さらに少しだけあけた。するり、と黒猫が廊下に出る。

そのまま、孝志のほうを向いた。

「……え」

まるで、ついてこい、と言っているように見えたのだ。

黒猫は裏口から外に出た。出てすぐ、孝志を振り返る。さすがに孝志も、みかげが何か告げようとしているのだと考えて、健康サンダルに足を入れ、庭に出た。防寒のため、扉は閉める。裏庭は北側なので、建物の陰になって寒く、地面は少し湿っているように感じられた。

「どうかしたんですか?」

みかげは、とてててててっとはずむように祠の前に行く。ちょこん、と座ると、祠の戸を、とん、と叩いた。

「おお、みかげ。なんじゃ?　いい夢は見られたか?」

中から神さまの声がした。みかげはそれに向かって、抗議をするような唸り声をあげた。

「ははっ、そう怒るな。夢は儂が選んだものを見られるわけではない。進次郎の見た夢なのだから」

「神さま」

孝志は祠に近づくと、しゃがんだ。閉じられた戸に向かって問いかける。

「僕の見た夢も……お兄さんの夢なんですか」

「孝志。おまえの見た夢は、どのようなものだった」

「……小学生の子が……学校から帰ってきて、百点を取ったテストを、お母さんに見せるんです……」

『俺が見たのもその夢だ』

猫の姿のまま、みかげが低い声で呟いた。『あれは、……十年、いや、十五年は前の……』

「あれは、ほんとうにあったことなんですか？」

「ほんとうにあったことじゃ、孝志」

神は孝志の言葉を鸚鵡返《おうむがえ》しした。「どんな夢か、おおよその察ししかつかんが……進次郎の想い出が夢になったはずじゃよ。それだけは、わかっておけ」

「……お母さんの夢でしたよ」

孝志は唇を引き結ぶ。しばらくじっと祠を凝視したが、神が姿をあらわす気配がなかったので、溜息をついて立ち上がった。

「お母さんの態度、僕はどうしても、……朔さまが言いたいのは、ああいう態度をとっても、お母さんはお兄さんを大切に思っていたとか、お母さんにはお母さんの都合があるとか、そういうことかと思ったんですが、合ってますか？」

「ふふ。孝志、おまえは敏いな。そのとおりじゃ。しかし、おまえは納得がいかんのだろう」

「納得いきませんよ。……あんなふうに言う必要ってありましたか？」

孝志はぎゅっと拳を握り締めた。思い出すと、自覚していた以上に腹立たしくなってきた。

「雅美《まさみ》が夢で何をどう言ったか……知らんが、見当はだいたいつくな。自分を棚に上げて進次郎を非難するか、進次郎がどんなよいことをしても、気に障れば詰《なじ》る、くらいか」

「まったくおっしゃる通りでした」

孝志が憤然として肯定すると、ふふ、と朔は笑った。

「おまえの言いたいことはわかる。……そして、進次郎ばかり割を食ってしまったのは事実でもある。だが、今さらどうしようもない。それも、わかるじゃろう」

「……わかるとか、わからないとかじゃなくて……どうしようもないから、僕が腹を立ててもしかたがないとは思いますよ」

どうしようもない。孝志は呼吸を整えた。

自分のことなら、すぐに諦められる。自分は動かせるが、他人を動かすことはできない。

　だから孝志は自分が、ものわかりのよくない人間だとは考えていなかった。相手の勝手を押しつけられ諭されても、自分が不利益を被《こうむ》ることでも、運が悪かったな、と自分を納得させることに、特に抵抗がなかった。かといって、つけ込まれて自分ばかり損をすることはもちろんいやだったし、そういうときは相手に反論や反抗もした。

　だが、それとこれとはわけがちがう。

　進次郎の通ってきた道は、引き返せない。もちろん、そんなことをする必要もない。だが、その道筋で転んでついた傷跡を見たら、転ばないようにそばにいられなかったことが残念でしかたがない。周りにいた者は誰も彼を助けなかったのだろうか。

「孝志。おまえはここに来て、一年と経っていない。進次郎と出会ったのもそうじゃろ？　だから……あのように実の母親に傷つけられ、気持ちを翻弄されるのが進次郎にとってふつうのことだったとしても、おまえには普通でなくて、それをつらく感じるんじゃ。それは、わかるか」

　孝志は深く溜息をついた。うつむいた先で、黒猫がじいっと孝志を見つめている。もうみかげは何も言う気はないようだ。

「だから、どうだというんです」

「家族とのいい想い出がほとんどない人間はこの世にいくらでもいる。それによってすさんでしまう者もな」

「そういう物言いは僕は好きじゃないです。そういうひとがたくさんいても、いなくても、お兄さんがそうだったことと何も関係ないでしょう。……詭弁《きべん》ですよ」

祠の中で、ちいさく笑い声がした。さすがに孝志はムッとした。なぜ笑われるのか、わからなかったのだ。

「すまん、すまん。儂が悪かった、今のは。……進次郎のような目に遭っても、もっとひどい目に遭っている者がいるから耐えるべきだと言いたかったわけではない」

「だったら、なんですか」

相手は神である。だが、孝志は反射的に問い返した。

「そうした者でも、新しい家族とよい想い出をつくれる者もいる。まあ、できなくて失敗する例も同じくらいあろうが。……うん、つまりな。誰にとっても、ひどい過去は昔のことであって、今はそうではないことが重要だと思わないか」

「……何をおっしゃっているか、僕にはよくわからないです」

怒りを逸らされた気がして、孝志はじいっと祠の戸を見た。

「孝志、おまえが見た夢は、進次郎の過去のつらい想い出じゃ。あくまでも、昔のこと。今は違う。今の進次郎にはおまえが、みかげがいる。だから、つまり……おまえたち三人で、進次郎が昔のことをすっかり忘れるくらい、一緒に楽しい思いをするんじゃよ。進次郎に、よくない想い出が十、あるとしたら、おまえとみかげで、百、いや、千のよい想い出を、つくってやればいい。そうすれば、進次郎の中で、よくない想い出は薄れるじゃろ。……わかるか」

孝志はゆっくりまばたいた。

自分にできるだろうか、とは孝志は思わない。

「なんとなく、わかりました」

「そうか。おまえは賢いな」

褒められている気がしない。神の手のひらの上でコロコロと転がされているようだ。

「それを僕に言うために、あの夢を見せたんですか?」

「孝志、さっきも言ったが、夢は儂が見せたわけではない。進次郎が見たんじゃよ。……七色宝珠に吹き込んだのは、進次郎の正月にまつわる想い出を見るという仕掛けに過ぎなかったんじゃが」

朔の声は、どことなく気の毒そうな色を帯びていた。


孝志は神がさらばと告げてから家に入った。後ろからついてきたみかげが廊下に上がる前に抱き上げ、上がり框《かまち》に腰を下ろす。みかげは抵抗せず、諦めた顔をした。座ったまま身を捻《ひね》って洗面所からとったタオルで、みかげの足の裏をぬぐう。

「はい、きれいになりましたよ」

裏口に猫用の足拭きマットでも置くべきかなと考えつつ、孝志はタオルを洗濯籠に入れて、自室に戻った。孝志はアルバイト代としてそこそこの金額を週払いでもらっているが、学校で必要なものは兄が買い与えてくれるし、特にほしいものがないので使いみちがなく、たまに猫用品を買っている。といっても店で使うものではなく、みかげのものだ。機会があったらペット用品の店を見に行こう、と考えながら、冬休みの課題をまとめて持ち、階下の和室に向かう。

暖房がよく効いた和室はあたたかく、心地よさに孝志はほっと息をついた。白猫は相変わらずこたつで丸くなっている。孝志が自室から戻ってくる前に、黒猫も自力で和室に入り、こたつで丸まった。

こたつに入り、課題を天板に広げた孝志は、リモコンでＴＶをつけた。賑やかな正月の番組が流れ出したので、最小限に音量を絞る。

それからしばらくのあいだ、ＴＶの音声を背景に、孝志は課題に専念した。


陽が落ちるまで、課題をこなしたり、正月らしく焼いたお餅を食べたりした。店をあけないのでこれといってすることがない。正月三が日くらいは何もしないで過ごそうと進次郎が言い、年末に掃除などはすべて済ませておいたので、孝志はいつも以上にのんびりできた。

店は門松が取れるまで休みだ。

ふだんは猫になると外出して猫店員を勧誘する進次郎も、ほとんどこたつで眠り、気まぐれに起きて出て歩き回ったりするだけだった。みかげも似たようなものだ。二匹の猫が同時にこたつで丸くなると足をのばしづらくなるが、入れた脚にどちらかわからないにしても猫に寄りかかられると、あたたかくて心地よかった。孝志は、こたつの温度を最小限にして、猫のぬくもりを堪能した。

夕方、少し眠くなった孝志がうたたねをすると、脚から重みが消えた。

どれくらい経っただろうか。誰かの呼びかける声がした。

「……孝志くん」

孝志はぱっと目をさます。

「あ、お兄さん。おはようございます」

「起こさないほうがよかったかな」

孝志のそばに膝をついた進次郎は、ちょっと笑った。その傍らには、猫のみかげがちょこんと座っている。

「起こしてもらってよかったです。夕方に本格的に寝ちゃうと、夜、なかなか寝つけなくなるので」

「それもそうだな。ところで夕食だが……何か希望がなければ……」

「お雑煮が食べたいです」

孝志が言うと、進次郎は眉を上げた。

「外食でもいいんだぞ」

「でも、そう考えてるひと、多そうですよね」

孝志が言うと、進次郎は、ふふっ、とわらった。

「それもそうだ。じゃあ、お雑煮にしよう。おせちもまだ残っているし」

こたつと暖房を切って和室を出る。台所はやはり寒かったが、灯りをつけ、動き始めるとすぐ気にならなくなった。進次郎は、昨夜のすきやきの残りをぜんぶ玉子とじにした。孝志はそのあいだにトースターでお餅を焼く。

孝志が皿に盛って渡した餅を、進次郎は手早くつくった白菜と三つ葉のすまし汁の鍋に入れた。

お雑煮に、玉子とじ、おせち料理。豪華だな、と孝志は思った。

「いただきます」

ふたりで唱和して、箸をとり、食べ始める。みかげはテーブルの端の席に丸くなっている。ふつうの猫ならテーブルにのるのではないかと危ぶんだかもしれないが、みかげは丸くなって目をつむっている。

「ミケはよく寝るなあ」

進次郎はそれを見ながら、笑った。みかげを、可愛い、と思っている顔だった。

「そういえば、神さまにもらった玉を枕の下に入れて寝たら、昔の夢を見たよ」

孝志は内心の動揺を努めて押し隠した。

「どんな夢でしたか？」

「子どものころに、じいさんの友だちが正月に遊びに来て、お年玉をくれたんだ。それを母さんが預かってやるって言ってさ。なんとか取り返したんだけど、無駄遣いするなってしつこく言われたから、ずっと、とっておいて」

孝志は意外に思った。あの夢で孝志がいちばん気になったところを、進次郎は端《は》折《しょ》ったのである。話したくないのか、それは重要ではないのか、単に忘れているのか、それともいつものことだったからたいしたことではないと感じているのか。

「起きてから、そういやあれ、とっておいて使ってないなって思ってさ。さっき、見つけてきた」

進次郎は苦笑しつつ、服のポケットからポチ袋を取り出した。夢の中で見たものだ、と孝志は思った。ふわふわとした動物の絵が描かれている。改めて見ると、それが羊なのがわかった。ポチ袋は少し古びて、いたんでいた。

「五千円って、小学生のときは大金だったけど、今となってはガソリン一回くらいなんだよなあ」

進次郎は箸を置くと、ポチ袋から折り畳まれたお札を取り出し、ひらいた。五千円と聞いたが、孝志の知っているお札と絵柄が違っていた。

「後生大事にとっておくより、さっさと使えばよかった。おかげで旧札になっちまったし」

「旧札って、ふつうに使えないんですか？」

「どうだったかな。まあでもややこしいし、銀行に持っていくさ。……孝志くんはどんな夢を見た？」

「僕、夢は見てもすぐ忘れちゃうんですよね」

「それは残念だ。どういう夢を見たか、聞きたかったのに」

孝志の答えは嘘ではないが、本当でもない。進次郎はこの曖昧な言い回しで、けさの夢を孝志が憶えていないと思ったようだ。

事実はそうではないが、どんな夢を見たかを話していいかどうか、孝志にはわからなかった。だから、進次郎をうまく勘違いさせることができて、内心でほっとした。

兄に嘘はつきたくないが、本当のこと、――見た夢の内容を話すのもためらわれる。

言い回しひとつで本筋を隠すことができて、孝志は安心しつつ、まさか自分にこういうことができるとは、と驚いてもいた。

にゃー……と、みかげが鳴いた。見ると、丸くなったまま目をあけて、孝志を見上げている。何か言いたげだ。だが、非難されているわけではない。孝志は勝手にそう思い込むことにした。猫の言葉がわからなくてよかった。

「その昔のお年玉がガソリン代になるなら、次の満月のとき、どこか連れていってください」

「それもいいな」

孝志の提案に、進次郎はうなずき、みかげを見た。「ミケもそのときは、一緒に行くか？」

みかげはすぐに進次郎に頭を向けて、にゃ、とちいさく鳴いた。

二 いろづく猫

二月の行事といえば、なんだろうか。

一月は元日が満月だったが、一月さいごの日も満月だった。

午後から曇って、気温が下がって寒い。孝志は手袋をしてもかじかむ手で、進次郎の車にふれないように気をつけて自転車をとめた。いったん歩道に出て、ぐるりと外を回り、店から中に入る。看板がすでにかかっているのは、昼間も人間でいられた進次郎が店をあけたからだろう。

「ただいま」

孝志が店に入ると、カウンター席に進次郎が座っていた。

「おかえり」

なぜか、むずかしそうな顔をしている。

「どうかしましたか?」

孝志はきょろきょろとあたりを見まわした。すでに猫店員のための餌場は、複数の器に餌が盛られ、水も満ちている。猫店員用のトイレもきれいだ。満月の日の進次郎は、日中でないとできないことをさっさと済ませられると、ついでとばかりに開店準備を終えてしまう。こういうときは早めに店をあける場合もあった。

「二月の行事といったら？」

進次郎は真顔で問いかけてきた。

孝志はちょっと笑ってしまった。

「節分とバレンタインデーですね。着替えてきます」

「うん」

うなずいた進次郎は上の空だ。

進次郎は意外に季節行事を重視している。そう見えないというだけで、ごくふつうではあるだろう。クリスマスにケーキを食べ、お正月にはおせち料理と初詣。ということは二月は節分とバレンタインデー、三月はひな祭りとホワイトデーで、四月は花見だろうか。

孝志は二階の自室に防寒具と鞄を置き、急いで制服から着替えた。本格的に寒さが厳しくなる時季だ。だから店に出るときにはしっかり着込むようになっていた。靴下も分厚いものをはくようにしている。

店内はいくら暖房を入れても暖気が上層に溜まりがちだし、店の半分は南側にある前庭に面していてあたたまりにくい。昼間なら陽が当たって心地よいのだろうが、今のみかげ庵は夜間営業だ。前庭に面した窓は、開閉して庭に出ることもできるつくりのせいか、隙間風も感じる。夏は冷房を強めて膝掛けを貸し出すが、冬に貸し出す膝掛けはほぼ小型毛布となっていた。

着替え終えた孝志は弁当箱を持って階下におりた。最初の半年は進次郎に昼食代を渡されていたが、最近は、自分で残りものを詰めて持っていくようになった。転校した当初も考えはしたものの、進次郎が寒い時季だけにしたほうがいい、と真顔で止めたのである。進次郎が高校に通っていた当時は空調が設置されていなかったので、弁当は傷む危険性があったかららしい。今ではすべての教室が空調完備となっていたが、孝志は忠告に従って、寒くなるまで弁当を持っていくのは控えた。

弁当箱を台所で洗ってから、店用のエプロンを着ける。店用のエプロンは同じものが何枚かあって、まとめて洗うようにしていた。

店内に入っていくと、みかげがカウンター席に座っていた。猫ではなく、人間の姿である。

「あれ、みかげさん」

今までになかったことなので、孝志は思わず声をあげた。次いで、みかげが顔を向けている相手がいることに気づく。進次郎ではない。見たこともない男がみかげの傍らに立っていた。

孝志はまず、男の服装にやや驚いた。黒い上着が、腰のあたりでマントのように裾が広がっているが、生地が二重になっているようで、広がった裾の内側から膝まですとんと伸びていたからだ。見たこともない形《かた》のコートである。しかも、コートの内側は灰色の袴だった。視線を上げると、着ているのは着物だが、その襟元からのぞいているのはシャツのようだ。孝志の脳裏を、書生、という単語がよぎる。

「こんにちは」

服装がめずらしすぎたので、声をかけられるまで孝志は相手の顔を意識していなかった。挨拶の声に孝志は改めて相手を見る。

「こん……いらっしゃいませ」

反射的に挨拶を返そうとした孝志は、お客さんだ、と気づいて言い直した。

孝志に向けられた顔は男らしく整っていて、明るい笑みを浮かべている。その顔を縁取る真っ黒な髪は長く、後ろで括《くく》られているようだ。めずらしい服装と華やかな印象の見た目のせいか、映画から出てきたようだった。

「お言葉に甘えて、お邪魔するぜ、みかげ」

相手は孝志からみかげに視線を向けつつ、カウンター席に座った。その前に、カウンターの中から進次郎が水を置く。

「ご注文が決まりましたらお声をおかけください」

進次郎が告げるのと前後して、みかげが無言でメニューを男に渡した。孝志はいつものカウンターの端に陣取って立ったが、そこからだとみかげがどんな表情をしているかは見えない。

「……うん……そうだな」

その代わり、男の表情はよく見えた。男は困ったようにメニューを見て、それからみかげを見た。

「前と違う。どれがあんたのおすすめだ？」

「俺が口にできるのは、これだな。おまえもそうしたほうがいいだろう」

みかげが低い声で告げながら、すっ、とメニューを指した。アイスミルクだ。みかげ庵は業務用のものを使っているが、味はよいと孝志は思う。ただ、冷たいので、この時季にはあまり出ない。

「じゃあ、それで」

「進次郎、アイスミルクをふたつ頼む。甘くするのはつけなくていい」

みかげが顔を上げて進次郎を見た。進次郎は、え、という顔をする。

「おまえも？」

「もちろん払う」

みかげはもともと小野家の飼い猫だ。たまに猫店員として店に出ることもある。それでも自分が店を利用するときはちゃんと支払いをしていた。いったいどこで現金を手に入れているのか、謎ではある。進次郎が渡しているのかもしれないが、そのあたりは孝志も知らなかった。

「それにしても、あんた、ずいぶん丸くなったな」

男はみかげをしげしげと見た。

「それは裏の神にも言われた」

みかげの声は微妙に不服そうだった。しかし孝志はその声音より、内容が気にかかった。裏の神とは、朔のことだ。この客に朔の話をして、いいのだろうか。

「裏の……ああ……」

男が複雑な顔をした。「お元気でいらっしゃるのか」

「お元気だ。まったく問題ない。住人が増えたので、以前より元気だ」

進次郎が注文品をつくりながら、ちらりと目線を上げるのが見えた。さすがに顔には出していないが、みかげと客のやりとりが気になるのだろう。

「増えた……？　減ったんじゃなかったのか」

みかげが振り返って、孝志を見た。孝志はびっくりしたが、すぐにみかげは男に向き直った。

「また、ふたりになった。俺の主に、弟が増えたんだ」

みかげが言うと、男がちらりと孝志を見た。

「弟……もうそんなに大きく？　ヒトはそんなに早く育ったか？」

この物言いで、男が人間でないと、孝志は確信した。つまり、あやかしだ。

少し前にみかげの借りている本を取り立てにきたアリスと呼ばれていた女性が、みかげ庵はあやかしの界隈でも知られていると教えてくれた。この男も物言いから察するにあやかしだろう。それ以前に、みかげと知り合いなのが気にかかった。偶然来たのか、みかげが呼び寄せたのか。

「孝志は生まれたばかりではない」

みかげが鼻を鳴らした。「風巻《しまき》、おまえもまだまだ物知らずだな。ヒトはそうそう早く成熟しないぞ」

風巻と呼ばれた男は、みかげの言葉に肩をすくめた。

「そういうのもたまにはあるかもしれんと思っただけだ。俺はあんたと違ってまだ若いから、無知ですまんな」

「せいぜい二十歳くらいしか違わないだろう」

風巻はあやかしで、みかげより年下か、と孝志は理解した。外見だけならみかげより年上のようだ。せいぜい同年代か。

「はい、どうぞ」

進次郎がふたりの前にコースターを置き、アイスミルクのグラスを載せた。注文通り、ポーションのシロップはつけない。

進次郎は、何か言いたそうにみかげを見た。みかげはそんな進次郎を見返し、まじめな顔で告げた。

「こいつは、風巻といってな、天狐《てんこ》、──きつねのあやかしだ」

進次郎が目を白黒させるのが、カウンター横に立っている孝志にも見えた。

「きつね……」

進次郎は、そうは見えない、とでも言いたげだった。そうではないかもしれないが、少なくとも孝志はそう思った。

「ああ。……それにしても、あんたがみかげと仲直りできてよかった。去年もここに寄ったが、あのときは裏庭でみかげと話しただけで、気になっていたんだ。先代を亡くして、その孫が主となったが、呪いをかけてしまったとか、なんとか」

風巻の言葉に、進次郎はちょっと笑った。

「仲直りというか、まあ……誤解がとけたというか。気にかけていただいて、ありがとうございました」

「あんたも、先代と同じで、術使いではないんだな」

「はあ……」

「もともとお兄さんは、あやかしが見えていなかったので」

進次郎の困惑を察して、孝志は助け船を出す。おお、と風巻が視線を向けてきた。

「弟君は、術使いか？」

「いいえ」

両親が術者だった、と言いかけて、やめた。話が長くなりそうだったし、進次郎とは異母兄弟だと説明するのが気が重かったからだ。そこまで知らせる必要もないだろう。

「風巻、俺はおまえと違って強くないから、たとえ術使いの式神となっても、たいした役には立てん。だからべつに、主が術使いでなくとも問題はない」

「俺と違って、とか、いやみにもほどがある」

風巻は肩をすくめた。「まあでも、仲直りできたのはよかったな。あんた、どうりで丸くなるわけだ」

「丸い丸いと……まるで肥え太ったかのように」

風巻が重ねて言うのがよほど不服だったらしい。みかげがむっとした。

「去年は今よりすさんでて、イライラかりかりしていたじゃねえか」

風巻はみかげから進次郎に視線を移す。「あんた、ちゃんと思い出してくれたんだな、よかった。ゆびきりした主に忘れられているとぼやいていたからな、こいつ」

進次郎は、はあ、とうなずいた。

「ぬし、って言われると、池の主とか沼の主みたいですけど……確かに、俺は忘れてましたね。ゆびきりをしたといっても、夢みたいな感じだったし」

語る相手が人間でないかどうかはともかく、進次郎は昔を思い出そうとするかのように、上目遣いになった。

「……人間は大人になるにつれ、子どものころのことは忘れてしまう。俺はそれをよくわかっていなかった。だが、ゆびきりをしてよかったと思っている」

みかげはそう言うと、ストローを口にした。

「ゆびきり、か」

風巻は目を伏せた。「……契りにも、いろいろな形があるよな」

「おい、風巻」と、みかげがやや剣呑な声を出した。「おまえ、またあの姫神《ひめがみ》に会いにきたのか？」

「ああ。何か文句があるか？」

「懲りないな……」

みかげが溜息をついて、カウンターの中にいる進次郎に視線を向けた。その目が据わっているのが、孝志にも見えた。

「聞け、進次郎」

「どうした」

進次郎は驚いて、みかげを見返す。

「この風巻、隣町の姫神に、毎年、会いに行っているんだ。そのついででここにも寄っている」

アイスミルクのストローに口をつけていた風巻が、無表情になった。

「姫神……」

進次郎はそこにひっかかったようだ。「隣町の……？」

「川向こうに、山城があるだろう。そのふもとの神社のひとつに、姫神がいる」

城、と言われて、今さらのように孝志は、川向こうの小高い丘にある城を思い出した。興味もないのでそういう風景として毎日見てはいたが、あの城がなんなのかはさっぱり知らなかった。特に進次郎から説明もなかったので、たいしたものではないのだろうと思い込んでいた。

「あのお城って本物なんですか？」

神は裏庭にもいるのでめずらしくもないが、城は本物だと思っていなかったので、思わず孝志は訊いた。風巻がぎょっとする。

「本物……とは……」

「あのお城は国宝なんだよ。孝志くん、知らなかったのか」

「国宝！」

進次郎が教えてくれる。孝志はびっくりした。国宝、というと国の宝だ。とにかくすごいことはわかる。とても小さな城だから、そこまで重要な建物だとは思っていなかった。

「天守閣しか残ってないけど、四百年前のものが現存してるから」

「四百年ですか……すごく昔ですね」

天守閣と言われても、孝志にはそれがなんなのかはっきりとはわからなかった。お城の別名だろうか、と思った。

「そうだよ。すごく昔だ」

さすがに孝志が驚きを露わにすると、進次郎は苦笑しつつうなずいた。「このあたりで育ってたら、多少は安土桃山時代に詳しくなるが、孝志くんはそうじゃないからなあ……」

「弟君は、よそから来たのか？」

風巻は孝志に問いかけていた。

「僕は、去年の四月からここで暮らしています。その前は、東京にいました」

孝志は、なんだか英文の訳文みたいな物言いだなと、答えながら思った。なぜ東京にいたのかと尋ねられたら困るなとも思ったが、風巻は、なるほど、と相槌を打っただけだった。

何故か感慨深そうな顔で孝志を見ている。

「俺が天狐になったときは、これくらいの見た目にしか変化できなかったな……」

風巻が呟くと、みかげが、ふんっ、と鼻を鳴らした。

「五十年か、六十年前だったか。あれから考えると、おまえは見違えたな」

「あんたは変わらないよなあ」

風巻は体を傾けてカウンターに肘をつき、まじまじとみかげを見た。「相変わらず、誰もが心に留める見目麗しさで」

「人間に寄り添っていくなら、見た目は醜くないほうがいいだろう。先代に、どんな姿がいいかと尋ねたが、特にないというので、俺としてはかなり励んでこのように形作った。といって、美しすぎるのも厄介だと学んだがな」

みかげがぬけぬけと言う。孝志はやや驚いた。みかげの美貌は最初に会ったときからわかっていたが、まさか自覚しているとは思わなかったのだ。しかも、努めて美しくしたうえに、外見でいざこざに巻き込まれたことがあるかのように聞こえた。

「ミケは昔からこの見た目……だったんですか？」

進次郎は、みかげではなく風巻に問う。風巻は懐かしそうにうなずいた。

「ああ。……俺が天狐になって旅に出たとき、きらきらしい化猫のいる茶房があると聞いて寄ったんだ」

　ストローでアイスミルクを啜っていたみかげが、軽く噎《む》せた。

「きらきら、しい！」

　噎せながら、みかげは叫ぶ。孝志は思わず近づいて、みかげの背を撫でた。

「だいじょうぶですか？」

「んぐっ、すま、ん、……はあ。きらきらしい、か」

　なんとかおさまったらしいみかげは、恨めしげな顔をした。「そんなつもりはなかったが……」

「さすがに俺もあのころは子どもだったので、神でもないのにそこそこ美しいと驚いたものだ」

「そこそこ」

　進次郎は呟いた。どことなく笑いをこらえているように見えた。

「ふんッ」と、みかげが盛大に鼻を鳴らす。

　孝志はそっとみかげから離れて、カウンターの端に立った。さきほどまでより少し後ろに下がったので、角度が変わってみかげの表情がよく見えるようになる。

「もっと力が強ければ、絶世の美貌に固定もできただろうが、それはそれでややこしいことになったかもしれない。これで充分だ。おまえこそ、さっきは孝志くらいだったと言ったが、最初のときはもう少し幼かっただろう。なんでそんな美丈夫になった？　姫神と釣り合いたかったのか」

みかげはいつも、もったりとしゃべる。だというのにいやに早口で、進次郎もポカンとしていた。

「釣り合いも何も、俺はあやかしで、あのかたは神だぞ」

慌てたように風巻は言った。「お、俺は……」

みかげは、じろじろと風巻を見た。再びストローを口にして、すうっ、と、グラスの残りのアイスミルクを半分ほど飲んだ。

「まあいい。……昔のおまえは、子どもで、物知らずで、……俺も昔はこうだったのかと、身も凍る思いだった」

ストローから口を離したみかげは、どことなく懐かしげな口調で語った。風巻も、安堵と懐旧が混ざった顔になる。

「あのころの俺は、あやかしとして第二の命を与えられたばかりで、何も知らなかったからな。ヒトに変化できても、どのように振る舞えばいいかよくわかっていなかった。あんたにいろいろ教えてもらったな」

「あやかしとして、第二の命とは……？」

進次郎が、取り繕った笑顔で訊いた。兄はさすがに、客と認識している相手に対しては内心を隠すように努めてはいるのだ。いつもはあやかしに対して懐疑的な態度をとるのに、今はまったくそう見えない兄に、さすがだな、と孝志は感心してしまった。「進次郎」と、みかげが真面目な顔で進次郎を見上げる。「おまえにわかりやすく説明するのは骨が折れそうだから、勘弁してくれ」

「みかげ、あんたは主を術使いにはしないのか」

風巻はストローで、グラスをかき混ぜた。どことなく、考え込むような顔をしている。

「俺の力は強くない。ゆびきりをした相手とはいえ、主にそこまでの影響は与えられない。……以前にも話しただろう。俺は、おまえと同じで、先代が命を惜しんでくれたから、あやかしとなったと」

みかげの説明を聞くうちに、風巻の眉が寄っていく。

「惜しんで、か」

「俺は人間に、おまえは姫神に惜しまれた。惜しむ気持ちは同じでも、人間と神とでは与える影響が異なる。……姫神の力を受けたおまえは、あやかしとしては俺より強い」

みかげは言い終えるとアイスミルクの残りを飲んだ。ごくりと喉が動いてから、みかげの顔に微笑みが浮かぶ。

「この牛乳、旨《うま》いだろう。俺たちにとってはこれがいちばん無難だ、こういう店で口にするなら」

進次郎がちらっとみかげを見た。孝志もだが、進次郎もどうやら、ふたりの会話が気になるらしい。いろいろと訊きたいこともあるのではないだろうか。少なくとも孝志は、訊きたいことがいくつかあった。しかしみかげには説明する気はないらしい。とはいえ風巻に尋ねるわけにもいかない。まがりなりにも客だ。語ってくれるなら聞くが、あれこれ問うのもぶしつけだろう。

「珈琲《コーヒー》や紅茶もいいが、本性に戻るのに時間がかかるからな」

「ああ。おまえはともかく、俺はあまり向いていない」

「そういえば、あんた、前はほぼ本性でいたが、今はそうでもないのか？」

風巻の言う本性とは、みかげの場合は黒猫の姿だろう。人間の状態が彼にとって変化した姿なのは、さすがに孝志にもわかっていた。

「……そういえばそうだな」

みかげは、ハッとした。進次郎を見て、それから孝志を見る。孝志は妙に焦った。自分に関係あるのだろうかと気になったのだ。

「あまり考えていなかったが、たぶん……その、主と通じ合えたので、強くないなりに、主とともにあるために必要なことができるようになったのだと思う。以前から進次郎が主ではあったが、遠ざけられていたから」

「そうか。……よかったな」

はあ、と風巻は溜息をついた。「俺も、今年こそは……」

「おまえ、姫神と通じ合いたいのか」

みかげが胡乱《うろん》げに風巻を見る。風巻はうつむいた。

「いや、……通じ合う、というか。べつに俺は、あのかたに飼ってもらいたいわけではない。しかし、対等でいられるはずもないしな」

「……では、どうして毎年、会いに来るのだ？」

みかげは本気でふしぎそうだった。風巻は自分の鼻先をつまんで考え込む。

「まあ……お姿を見たいからだなあ」

風巻の答えを聞いて、みかげはやや怒ったような顔をした。

「本当に、それだけか？」

「……もちろん、お声も聞きたい。……それに、知りたいこともある」

「知りたいこと？」と、みかげは繰り返す。

「どうしてあのかたが俺をあやかしにしたのか、その理由が知りたい」

そう言った風巻は、どことなく頼りなげな顔つきをしていた。

風巻は陽が暮れると去っていった。これからひさしぶりに会う面々に挨拶をするらしい。すぐに隣町に行かないのは、節分が過ぎるのを待っているからだそうだ。

「追儺《ついな》に巻き込まれたくないんだろう」

「追儺ってのは、節分のことだよ」

聞き慣れない単語に孝志が戸惑ったのを察して、進次郎が説明してくれる。彼は浮かない顔をみかげに向けた。

「でも、あやかしって、鬼ってわけじゃないんだろ？　節分の豆まきで追い払われるのか？　おまえも？」

「……そのときどきによって違う」

みかげはむずかしい顔をした。説明を放棄したそうな顔といっていい。

「隣町の追儺は、どこだかの寺で、大々的にもよおすだろう。用心に越したことはない。人間によくないことをするものを祓《はら》うのが追儺だ。我々にそのつもりがなくても、あやかしだと知られ、得体が知れないというだけで怖れられれば、追儺の対象とされることもあると思う。風巻は天狐といって……妖狐《ようこ》、きつねのあやかしの中では最上位で、人間にわるさなどしないが、人間にあやかしのよしあしなど、容易に判別はつけられないからな……」

孝志はなんだかもやもやした。人間の都合で、まだ何もしていないあやかしを追い払う、とも聞こえたのだ。だがそれはみかげがあやかしの立場から言っているからかもしれない。

「進次郎。去年、おまえが俺に豆をぶつけていたら、俺はしばらくここに戻ってこられなかったかもしれない」

みかげにそう言われ、進次郎はぎょっとした。次いで、すまなさそうな顔になる。

「そうか……なんか、悪かったな」

「謝ってほしかったわけではない」

みかげは少し慌ててつづけた。「たとえばの話だ。わかりやすく言っただけだ」

「それにしても、あの、風巻さん、神さまに会いにいくんですよね。そんなに簡単に、神さまに会えるものなんですか？」

微妙な雰囲気になったので、孝志は話題を変えた。

「それはまあ、神による。裏の神も、起きているときに呼ばわったら、すぐに返事をしてくれるだろう」

風巻が会いたいのは神社の神のようだが、裏庭の神と同じように返事をしてくれるとは思えなかった。

「それはともかく……」

カウンター席に座ったままのみかげは、むずかしい顔になった。

窓の外は夕陽に照らされていた。進次郎は、二月の夕方はひどく長く感じる、と言う。確かに、十二月だと午後四時を過ぎれば夕方で、五時には暗かった。そのころに比べたら、日の入りは三十分は遅くなっているのではないだろうか。日中に猫のときの進次郎は、太陽が完全に見えなくなると人間に戻る。なのでみかげ庵の開店時刻は季節によって異なっていた。

きょうは風巻が来たからもう開店していると言っていいだろうが、猫店員がまったく来ないので、猫茶房ではなくただの喫茶店でしかない。ほかの客が来るまでに一匹も来てくれなかったら、みかげが本性に戻って接客するしかないだろう。

「俺にはよくわからんが、進次郎、……孝志も、おまえたちならわかるだろうか」

「は？　何が？」

「あの風巻、毎年二月になると、自分を天狐にした姫神に会いに行く。俺はてっきり、あいつはその姫神に懸想《けそう》していると思っていたのだが……自覚がないのか、それとも認めるのが憚《はばか》られるのか、……おまえたちも聞いていただろう」

「風巻さんは、どうしてあのかたが俺をあやかしにしたのかその理由が知りたい、と言ってましたね。あのかたというのは、その姫神さま……ですよね」

孝志が思い返しながら問い返すと、みかげはますます顔をしかめた。

「もちろんそうだろう。だが、そんなことを知ってどうしようというのだ」

「状況がよくわからないんだが、神さまがあやかしにする、なんてことができるのか？」

進次郎が口をひらいた。

「前にも言ったと思うが、俺が死に瀕したとき、先代が惜しんでくれ、その念がこの世に俺を引き戻した。本来死んでいたはずの命が、先代の念によってつなぎとめられたというか、継ぎ足されたというか……なので、本来この世に存在する生命とは、微妙に異なってくる。その差を説明しろと言われたら困るが、そういうことだと思ってくれ」

みかげは、考えながら語った。その美しい顔に浮かんだ表情が、険しさから困惑に変化していく。

「風巻もおそらく、その姫神に惜しまれたのだろう。と思う。事実は俺の知るところではないからな」

「その……惜しむって、なんなんだよ」

進次郎がためらいがちに問う。

「惜しむは、惜しむだ。失うことを厭《いと》うとでもいえばいいか？」

「本当にそれだけで、おまえはあやかしになったのか？」

「ああ。しっぽが一本しかない、猫又になった」

みかげは真顔だ。

進次郎は自分のこめかみをぐりぐりと圧す。

「いや、しっぽはどうでもいい……その、じいさんが、おまえが死にそうなときにいやだとつよく願ったから、じいさんのふしぎな力でおまえは死ななかったって前にもきいたけど、なんで……それだけで……」

「進次郎。……術使いになれずとも、先代にはあやかしと関わる力があった。その力を、俺にほとんど使ってくれたんだ。俺にそれ以上の説明はできない」

「死なないでほしいと願ったってことだろ？　……俺だって、死なないでほしいと、思ってたのに……」

進次郎は途中から、苦しそうに言葉を吐き出した。激情をこらえるかのように握り締めた拳をシンクのふちについている。

みかげは、そんな進次郎を、じっと見上げた。

進次郎が死なないでほしいと思ったのは、誰だろう。母か、祖父か。……孝志は、前者のような気がした。

「進次郎、それは誰でも願うことだ。ただ、……先代は、その願いを叶える力を持っていた。風巻をあのようにした姫神は、もっと強い力を持っていた。……たいていの人間は、無力だ。おまえも。……その願いは、叶うはずのない願いだ。俺も、」

そこでみかげは溜息をついて、目を伏せた。「俺も、……死なないでほしかった」

みかげが死なないでほしいと願ったのは、進次郎の祖父だろう。

「……その、姫神さまが、風巻さんに、死なないでほしいと思ったから、風巻さんはあやかしになったんですよね。ということは、姫神さまは、それくらいには風巻さんを好きというか、だいじに思ってるんじゃないんですか？」

孝志が言うと、みかげははっとして顔を上げた。

「孝志……おまえ、賢いな」

「神さまって慈悲深いものなんですよね。だったら……」

「いや、そうとは限らん」

みかげは首を振った。

「え」

孝志はびっくりした。「でも……神さまって、お願いしたら助けてくれるじゃないですか」

「願っても助けてくれない神もいるし、願わないと助けてくれないわけだから……それは慈悲深いというより、ふつうに親切程度では？」

みかげに言われて考えたが、孝志は混乱してしまった。

裏庭の神、朔は、いたずら好きな印象はあるものの、基本的にみかげや進次郎に対する庇護心のようなものがあるように見えている。もちろん孝志に対してもだ。それは朔がこの店と家のある土地の土地神だからだろう。彼は、この土地に住む者は必ず守るという確固たる意志を持っている。

孝志はそれを慈悲深いと受け止めていたが、みかげの言葉をきくと、確かに「ふつうに親切程度」かもしれない、とも思える。よくわからない。

「ミケ」

落ちついたのか、進次郎が顔を上げた。進次郎が死なないでほしいと願ったのは誰だろうと、孝志は改めて考えた。もちろん訊けるはずもない。

「おまえは、風巻さんを天狐にした姫神さまに会ったことはあるのか？」

「いいや。だいたい俺が出かけるのは、先代の外出についていくくらいだったからな。先代は店を切り盛りするばかりで、どこかへ出かけるときは、結婚したあとは家族とだった。そういうとき、俺は留守番だったな」

みかげはそこでちょっと笑った。「先代がこの店を継ぐ前は、いろいろなところへついていったものだ。俺は先代についてこの土地に来たが、実のところ、あまりこのあたりをうろついたことはないから、よく知らない。孝志よりも知らないかもしれないぞ。だから姫神がどんな感じの神なのかはさっぱり知らん」

「姫神っていうくらいだから、なんというか、可愛いというか、若いというか、そういう印象なんだが……」

　進次郎が、ううむ、と腕組みをした。「俺が行って会えるとも限らないし……」

「術使いでもなければ、神に会うなどまず無理だ。裏の神はこの土地に住む者を助けるために顕現してくださっているだけだしな。なんだ進次郎、姫神に会いたいのか」

「あの、和風ホストみたいな男前を惚れさせる姫神さまってのは、いったいどんない い女に見えるのか、確かめてみたいってだけだ」

　和風ホストとは言い得て妙だなと孝志は思った。

「おまえ、まさかそんな野次馬根性とは」

　みかげは呆れ顔になった。「それに、惚れさせるというが、風巻のあれは、姫神に惚れているといっていいのか？　俺にはそういうのはよくわからないんだが……恩に着ているから、自分を助けた理由を知りたいだけかと」

「恩に着る、ねえ。それもあるかもしれんが……相手のことを知りたいと思うのは、興味や関心があるってことだろ。興味や関心がいい意味とは限らないが、助けてくれた相手なら、悪い意味ではないんじゃないかと……おっと」

　進次郎はそこで言葉を切ると、いそいそとカウンターの中から出た。そのまま窓へ向かう。前庭に面した窓は出入りができるのだが、その前の庭に猫が何匹か現れてうろうろし始めたのだ。

進次郎は窓をあけると、入ってこようとした猫を取っ捕まえ、その場に座り込んだ。

「孝志くん、頼む」

言われずとも孝志は、カウンターに置いてあるペット用のウエットティッシュを進次郎のそばに置いた。そして自分も外にいる猫を抱き上げ、進次郎の近くに座る。

店を訪れる猫を猫店員として雇っているが、衛生のために四肢をぬぐわねばならない。

最近は、四肢だけでなくできれば腹も、可能であれば全体的に……となっていたので、以前より作業に少し時間がかかる。

みかげ庵に来る猫は、餌と水を提供することになっているからか、ぬぐうときも諦めた顔をして抵抗はしない。――と思っていたが、猫たちも、人間に撫でられるために来ているらしいことが、朔と話すようになってわかってきている。だからききわけがよく思えるのだろう。

「いい子だ」

最初の一匹をぬぐい終えて床におろした進次郎は、満面の笑顔になっていた。


風巻の来訪から十日ほど経つと冬季オリンピックが始まった。近隣国の開催なのでたいそう盛り上がり、世間ではいろいろと話題になっているようだったが、孝志は特に興味もなく、ＴＶのスポーツニュースで流れる程度の知識しかなかった。

　オリンピックの話題もだが、二月の第二週に入ると、学校で生徒たちがそわそわしているのに孝志は気づいた。なんだろう、と不思議に思う。三年生は大学受験があるため、年が明けてすぐに自由登校になっていたが、それでも登校する生徒はたいして減っていなかった。

　火曜、帰りにスーパーに寄って、そこでやっと気づいた。孝志がそのことをすっかり忘れていたのは、興味がなかったからだ。

「そういえば忘れてたんですけど、あした、バレンタインデーなんですね」

「そうそう。だから来てくれたお客さんにもあげようと思って、チョコ、買ったんだ。きのう説明しそびれたけど、孝志くんが受け取ってくれた荷物、チョコなんだよ」

　開店準備をしながら言うと、進次郎が笑って答えた。外はすっかり暗くなっている。猫たちが入ってきたので、丁寧にぬぐってから、改めて床をモップがけしているときだった。

「お兄さん、ほんとうにイベントはしっかりやるんですね」

「そのほうが、生活にメリハリつくからなあ」

　ひととおり床を拭き終えた進次郎がモップを裏へしまいに行く。しばらくして戻ってきたとき、何やら持っていた。

「これを渡すつもりなんだ」

進次郎がカウンターの上に置いたのは、少し大きめの丸いキャンディに見えた。きらきらする赤いメタルカラーのフィルムに包まれた球体、きゅっと絞られた余りは透明だ。

「孝志くん、チョコがきらいでないなら、ちょっと試食してもらっていいか」

「え、これがチョコなんですか」

差し出された玉を進次郎の手から取り上げつつ、孝志は電灯に透かすようにして見た。ふと、朔からもらった七色宝珠を思い出す。少し、似ている。

「おいしいよ」

進次郎がすすめるので、孝志はフィルムの包みをひらいた。見事に丸いチョコレートが出てくる。孝志はおそるおそる、口に入れた。少し大きくて、一口で食べるのはたいへんだ。もぐもぐすると、甘さが広がった。開店準備をするときは少し空腹だったりするので、甘さがしみわたるような気がした。

「おいしいです」

食べ終えた孝志は感想を述べた。チョコレートをふだんから食べ慣れているわけではないし、味のよしあしを言える感性もない。だが、兄のくれたチョコレートはとてもおいしかった。

「よかった。ちょっとたくさん買い込んだから、余ったらどうしようかと思ってた」

へへっ、と進次郎は笑った。兄がうれしそうなので、孝志もうれしくなる。

「店で食べてもらうんじゃなくて、お勘定のあとで渡すようにするから、おみやげみたいにラッピングしたいんだ。過剰包装かもしれないけど……あとで少し手伝ってくれないか」

「いいですよ。ふたりでやったほうが早いですしね」

閉店時刻は遅くても日付が変わるころだ。深夜までやっている店は国道沿いにいくらでもあるが、みかげ庵は住宅地のはずれで田畑に面した通り沿いにある。徒歩で来る客は終電までに途切れるし、自動車で来るにしても、たまたま見かけて入ろうとか、一休みに来るタイプの店ではないから、夜が更けて客足が途絶えると、そのまま閉店することもあり、孝志は遅くなっても一時には床についていた。

みかげ庵の客は相変わらず、多くもない。かといって少なくもなく、たまに、初めて見る客なども来る。客足が途絶えないのはありがたいが、猫喫茶として有名でもなさそうだ。

たまに進次郎がインターネットの検索エンジンやＳＮＳでエゴサーチをしているようだが、「みかげ庵」で検索しても「もしかして：」と、似た名前でまったく規模の違うチェーン店を表示されてしまう。それがこの地方では有名店で、優先して表示されるのはしかたがないと、進次郎はそのたびに苦笑していた。

つまり、みかげ庵はグルメサイトなどに住所や開店時刻、駐車場があるという必要な情報が載っているだけの、ネット上で店の詳しい口コミなどもほとんどない状態で、多くもない常連客と、ごくたまに一見の客が来るのである。

ありがたい話ではあるのだが、駐車場を出入りする自動車の音がめったにしないので、多くの客はほぼ徒歩で来ている……と、孝志は推測していた。

みかげの借りていた本を取り立てに来た女性に、あやかしの界隈でも知られている、と言われたことを、そのたびに思い出す。

「いろいろな味があるといいと思って、たくさん買ったから、余るかもしれないけど……なんだかはしゃぎすぎて、恥ずかしいな。バレンタインデーと思うと、なんとなく、楽しくてな」

進次郎は照れ笑いをする。

「余ったら、なくなるまで配ればいいんじゃないですか」

「それもそうか。来月はホワイトデーもあるし……」

「その前にひな祭りもありますよ」

「ひな祭りはひなあられのほうがいいかな」

にゃーん、と足もとで猫の鳴き声がした。

猫店員はすでに店内のそこかしこ、思い思いの場所に、好きなように転がっている。そのうちの一匹が、何か言いたげに孝志を見上げた。どこかで見た猫だな、と思う。どこかで見た気がするのは、最近は来ていなかったのだろう。

猫店員は、いつも同じ猫が来るとは限らない。よく見かける猫はいるが、気がつくと来なくなっていたりと、入れ替わってはいる。孝志も、特徴がわかりやすければ憶えられていた。しかし黒猫と白猫の区別はつくが、斑《ぶち》猫となったら、よほど変わった模様でもない限り、個体の識別はできない。猫をそれなりに好きだし可愛いと思うが、それとこれとは違うのだ。

「おっ、どうかしたか？」

進次郎が猫店員に話しかける。猫店員はしかし、孝志を見上げたままだ。孝志に何か伝えたいことがあるのだろうか。目がもの言いたげなのはわかる。

みかげが、進次郎と話ができるようになりたい、と願ったことで、進次郎は猫になるようになってしまった。しかし、孝志はその気持ちがときどきわかる。猫店員と触れ合うようになっても、かれらが自分に対して何か言いたげな態度をとっていても、本当に何か言いたいのか、言いたくないのか、何を言いたいのか、まったくわからないからだ。猫は、むずかしい。たぶん、猫にとって、人間もそうなのだろう。

足もとの猫店員は、痺れを切らしたのか、後ろ肢《あし》だけで立ち上がると、孝志の膝に前肢を置いた。爪とぎのように上下させる。バリバリと音がした。

「わっ」

孝志は思わず後退《あとずさ》ろうとしたが、ジーンズの生地がひっかかり、猫店員も一緒に引きずられる。進次郎がぱっとしゃがんで、猫店員を抱き留めた。

「どうしたんだ、急に。この子は爪とぎじゃないぞ」

進次郎はそう言いながら、引っかかっている前肢をそっととった。ひっかかっている爪を、逆方向に動かしてはずす。猫店員が、にゃー……と、どこか不穏な声を出した。

「痛かったか？　ごめん」

進次郎が抱き上げようとすると、猫店員はじたばたした。進次郎は無理強いせず、ぱっと手を放す。猫店員は床におりると、孝志の前でうろうろした。

「君に何か言いたいことがあるようだが……」

進次郎も戸惑ったように言った。この猫店員は明らかに、孝志の注意だけをひこうとしている。

「……みかげさんはいないんですか？」

せめてみかげに通訳してもらえないだろうか。孝志は店内を見まわした。床でくつろぐ猫店員の中に、黒猫はいない。いつも猫店員が詰まっている奥のボックス席に近づくと、サバトラの猫店員がソファで体を伸ばし目を閉じていた。孝志の気配に、猫店員は目をあける。何かあったのか、と言いたげな、怪訝《けげん》そうな顔つき。

「みかげさんはいませんか？」

サバトラの猫店員は、何を言っているのか、とでもいうような顔になった。怪訝さが増しているのだ。言葉が通じているのか、いないのか。

「みかげさーん」

孝志は店の奥、家に繋がっている出入り口の扉をあけ、中へ向かって叫んだ。店に出ているとき、家のほうの灯りはつけていない。だから、廊下は真っ暗だ。和室の襖だけがその白さで微妙に浮かび上がっている。みかげは黒猫なので、暗がりでは目と、座っていれば首もとの白さが目立つが、それも見当たらない。

「ミケ、いないのか？」

進次郎も、孝志の横から奥を覗き込んだ。進次郎が呼べば出てくるかと思ったが、そうでもない。ふたりはそろって店内に向き直った。

「あっ」

すると、外からの出入り口、扉の向こうに、目を丸くしている少女の姿が見える。

「……お邪魔します」

入ってきたのは、孝志の同級生の荒木《あらき》だった。以前に塾の帰りに寄って、いろいろと話した相手だ。家族のことで悩みがあり、それが彼女の家に昔いた猫に少なからずまつわるものだった。そのときは春で、制服姿だったが、きょうは私服だ。赤いショートコートで、黒いスカートは長い。

「荒木さん」

「いらっしゃいませ」

孝志と進次郎の声が重なる。荒木がちょっと笑った。

「すみません、お客じゃないんです、その……」

彼女はそう言いながら、ぶら下げていた布製の手提げを開いてごそごそした。「あの、前に、村瀬くんにはいろいろとお世話になったから……」

孝志はきょとんとした。お世話など、しただろうか。

荒木が手提げから取り出したのは、平たい紙包みだった。丁寧にリボンが掛けられている。小箱といっていいだろう。

「たいしたものではないけど、これ……お礼に、と思って」

荒木は口ごもった。

「お礼……」

孝志は思わず繰り返した。まさかと思うが、一度来店したあのとき、送っていったからだろうか。荒木は、一緒に家へ戻っていった猫のことを知らない、――気づいてもいないはずだ。

「前に来たとき、村瀬くんに、調教師になりたいって話したでしょう？」

荒木は、小箱を孝志に差し出して、語り始めた。「あのときまで、ほとんど誰にも言ったこと、なかったの。でも、口に出したら、なりたくてどうしようもなくなって、……夏休みの前に、お母さんとおばあちゃんに、そういう話を、……調教師になりたいって、話をしたらね……お母さんは、いいよって言ったの。おばあちゃんは、なに、それ、って怒ったけど、……獣医になりたいとは聞いていたけど、そんな、見世物になるのはだめだって」

ふふっ、と荒木はそこで笑った。以前のうっすらとした憂鬱そうな印象が弱まっている。同じクラスでたまに言葉を交わすことはあるものの、こんなふうにきちんとした会話をするのは、来店して以来だ。半年近く前だろう。

あのとき、荒木はこんな笑顔を見せなかった。家庭内で祖母が強く、それを疎んで父も兄も寄りつかない。嫁である母と孫の自分が祖母の相手をしている、と話していた。祖母の気が荒れがちで、すぐに怒鳴る、それが怖い、とも。

「でも、お母さんがね、おばあちゃんに言ったの。調教師になるには、獣医になったほうが有利だから、以前も行きたいと言っていたし、望むなら獣医学部に行かせたいです、って。びっくりしたわ。おばあちゃんも、お母さんがそんなこと言うの、初めてだったから、もう、もごもごしてて」

「お母さん、がんばってくれたんだね」

「そうなのよ。がんばってくれたの。それでね、お母さんが、おばあちゃんは最近、庭に来る猫にごはんをあげているけど、人間のごはんだとよくないから、ちゃんとした猫の餌にしたほうがいいんですよ、そのほうが長生きしますよ、って言ったの。おばあちゃん、ばれてないと思ってたみたいで、黙っちゃって」

　孝志は内心でそわそわした。みかげが話してくれた荒木の祖母の話を、孝志はぼんやりとしか憶えていない。可愛がっていた猫が死んでから、ひとが変わってしまった。その死んだ猫がみかげ庵に来ていたことくらいしか思い出せていない。まだ距離のあったみかげが、そう説明してくれたのだ。

　みかげに荒木の話を聞かせたかった。

「この子が獣医になったら猫も診られますよ、ってお母さんが言ったときはびっくりしたけど……それが効いたみたい。おばあちゃん、ただで診てくれるなら獣医学部で勘弁してあげるって言ってくれたの」

「獣医学部かあ。だったら理系だ」

　進次郎が言った。荒木はそれへうなずく。

「そうなんです。今のクラスは文系だから、先生たちは難しいんじゃないかって言うけど……やれるだけのことはやってみるつもり。浪人も視野に入れてるの」

きっぱりとした物言いをする荒木が、孝志にはキラキラして見えた。

「すごいなあ、荒木さん」

本気で感心してしまった。荒木は、照れたような表情を浮かべ、うつむく。

「でも、みんな……このお店に来たのがきっかけだと思うから、これ、受け取ってください。たいしたものでなくて申しわけないけど……」

うつむいたまま荒木は、手にした小箱を孝志に向かって差し出す。孝志は少し困って、ちらりと兄を見た。兄は微笑んでうなずく。何も言わない。

「僕が何かしたとは思えないけど……せっかくだから、いただきます」

孝志がそう言って小箱を受け取ると、荒木はほっとしたように顔を上げた。明るい笑顔になる。笑ったほうがいいなあ、と孝志は思った。

「よかったら、お兄さんも一緒に召し上がってください。甘いものがきらいでなかったら」

「きらいじゃないから、遠慮せずいただくよ。それにしても、わざわざ来てくれてありがとう」

進次郎が言った。すると、荒木はちょっと困った顔になる。

「これ、お母さんがきょう、買ってきてくれたんです。それで、本当は、あした学校で渡そうと思ってただけど……その、ひとに見られたら誤解されそうだったから……そうしたら、村瀬くんに迷惑がかかるかもしれないし」

まじめな顔でそう説明される。進次郎が、微妙な顔つきで孝志を見た。孝志は兄の表情の意味がわからず、きょとんと見返す。

「なるほど、……そうか、ちょっと待ってて」

進次郎は荒木にそう告げると、早足で奥へ入っていく。

「……進路、おばあさんがいいって言ってくれて、よかったね」

「うん、……お金を出してくれるのは、おばあちゃんだから」

孝志は、そんな内情まで自分が知ってしまってよかったのだろうか、と気になった。だが、これまで、どうして荒木の進路に祖母があれこれ言えるのかと不思議だったが、やっと納得する。お金も口も出す、ということだ。

「お待たせ。よかったら、これ、持っていって」

進次郎が、透明なビニール袋を渡す。巾着のように、ぎゅっと口を絞られた中には、さきほど孝志が食べたチョコレートがふたつ、入っている。その小袋が、みっつ。

「君と、お母さんと、おばあさんに」

「え、……そんな、お礼を持ってきたのに、逆にいただいてしまうなんて……」

荒木は少し困った顔になった。

「もしお母さんやおばあさんに叱られたら、俺が、よかったらみかげ庵に来てほしいと言っていた、って伝えてくれればいいよ。これは営業活動」

進次郎がそう告げると、荒木は神妙な顔でうなずいた。

「はい。……お母さんに、みかげ庵に同級生がいるっていう話をしたら……おばあちゃんが、前にここに来てたって言ってたから……伝えます。猫さんもいるし」

「……前ってのは、たぶん、俺のじいさんがやってたときだと思うな」

進次郎はうなずいた。「あのころとはぜんぜん違うけど、猫アレルギーでなければ来てくださいって……」

「はい、きちんとそう伝えます。ほんとうに、ありがとうございます」

荒木は進次郎から小袋を受け取ると、手提げにしまった。


荒木が去って、しばらくすると客が来た。

そのあとは、ぽつぽつと客が来て、猫を愛でていく。相変わらず、スポーツクラブ帰りの奥さんたちのグループが来て、一時間ほど話し込んでいく。序盤が仕事や家族の愚痴なのに、途中からずっと、この猫ちゃんの肉球がピンクだの、しっぽが長くて素敵だの、ふわふわつるつるの毛並みだの、猫店員を褒め称えることしかしなくなる。猫店員が何か不思議な光線でも出しているのではないだろうかと、孝志が疑うくらい、店に来たときと出ていくときとでは、彼女たちの顔つきは、穏やかに変わっていた。もちろん、去ったあとには鬱屈の結晶がそれなりに落ちてはいるのだが。

ほかにも、何組かの客が来た。大学生らしい女の子のふたり連れは、次は友だちと一緒に来ます、と意気込んで帰っていった。怖ろしいことに別れ話を始めたカップルもいたが、猫店員たちがやたらとたかって、うやむやになったりもした。どちらの席にも、結晶が落ちている。この結晶は、客たちには見えていないようだ。

「びっくりしたなー……」

閉店して、掃除も済ませ、ふう、と息をついた進次郎が、カウンター席に腰掛けながら呟く。

「荒木さんですか？」

「ああ、まあ、あの子もだけど、……あしたバレンタインデーなのに、別れ話、するか？　と思ってさ」

最後に出ていったカップル客のことだ。注文を済ませてからはかなり声を荒らげて話していたので、進次郎にも会話が筒抜けだったのだ。

「なんというか、……まあ、猫さんって、すごいなと」

猫店員はもはや解散して、店内には一匹もいない。灯りを消した前庭にはいるかもしれないが、見えなかった。

みんな、どこで夜を過ごすのだろう。寒くないのだろうか。裏庭にはこの時季、段ボール箱にふるい毛布を詰めたものを置いている。進次郎曰く、去年のこの時季、帰る場所のないらしい猫店員が、裏庭で丸くなっていることがあったので用意するようになったそうだ。猫として勧誘するときにも、寝場所もあるといいとも言われたらしい。といっても、そこに詰まって夜を過ごす猫は多くはない。近所をうろつく猫は飼い猫か、半野良のようだ。

「癒し効果が？」

「はい。……荒木さんも、志望通りの進路にいけるようで、よかったです」

「孝志くんは、どうするんだ？」

進次郎はカウンターに覆い被さるようにして、カウンターの中に手をのばした。取り上げたのは、荒木にもらった小箱だ。

「うっ……」

改めて小箱をしげしげと見た進次郎は、小さく呻《うめ》いた。

「どうかしましたか？」

「これ……たぶんめちゃくちゃ高いやつだ」

「え……そんなに？」

「ピエールマルコリーニ、たぶん今年の新作の……」

孝志が訝《いぶか》ると、進次郎が値段を口にした。さすがに孝志はぎょっとした。とてもそんな値段の大きさとは思えない。進次郎の両手におさまるほどだ。

「孝志くん、ほら」

進次郎が小箱を突き出してくる。孝志は思わず後退った。

「えっ、高いって聞いたら、なんか怖いですよ。怖いっていうか……そんなに高価なものだとおそれ多いというか」

「いや、まあ……俺と君にひとつずつじゃなくてよかったな。君はともかく、俺なんて、ほんとうに何もしていないんだから」

進次郎は肩をすくめた。

「僕だって、話を聞いて家まで送っただけで、ほかは何もしてないですよ。そんな高価なものなら、みかげ庵あてってことにして、みかげさんと神さまにもあげたほうがよくないですか」

「それもそうか。……それにしても、ミケはどうしたんだろうな」

看板はとっくにしまって門も閉じたし、出入り口と窓の施錠も済ませ、レジのお金も回収した。店内の灯りを消して、ふたりは奥へと戻る。ぱたんと扉を閉じて、ここの鍵もかける。廊下をぺたぺた歩いて裏口へ向かうと、じわっ、と和室の襖があいた。

「……おい」

驚いたことに、みかげが、なぜか人間の姿で横たわったまま、和室から手を出していた。

「ミケ？　どうした」

進次郎が心配そうに言うと、手にしたままだった小箱を孝志に渡す。今度は孝志も受け取った。みかげは、ずるずると這って廊下に出る。進次郎は廊下に膝をついて、みかげの肩を押さえた。

「……俺がばかだったのだ」と、みかげは怒ったように呟いた。「そんなに、チョコというものは、よいものなのかと……おもって」

「食べたのか？」

「……ちょっと舐めただけだ」

みかげはちろりと目線を後ろに向けた。孝志が見ると、灯りのついた和室の、こたつの上に、何かがあった。よく見ると、広げられたフィルムの包み紙の上に、球体のチョコレートが転がっている。

「ほんのちょっとだ。なのに、頭がくらくらするし、何度ためしても、本性に戻れない。今まで奥の、……先代の部屋で臥《ふ》せっていて、ようやく、動けるようになった」

言いわけのように、みかげはつづけた。物言いは途切れ途切れで声は弱々しく、もともと白い顔がいつもより白い。今の顔色は、血の気が失せている色だ。

「だいじょうぶか」

進次郎が心配そうにみかげの額に手を当てた。熱を測っているのだろう。しかし、それはあやかしのみかげ相手に、意味があるのだろうかとも思ってしまった。

「ああ、……うん、しばらく、そうしてくれ」

ほっ、とみかげは息をつく。「悪いが、……おまえの気で、立て直すしかない」

「気、……ねえ。どうすればいい？　抱っこでもするか？　さわればいいのか？」

進次郎はみかげの額に手を当てたまま尋ねた。人間のときのみかげは、細身で頼りない印象もあるが、孝志よりは背の高い男だ。抱っこをするにしても、持ち上げるのがたいへんだろうな、と孝志は冷静に考えた。

「いや、そこまでは必要ない。……もう、だいぶんいい」

みかげは息をつくと、額に当てられている進次郎の腕をぎゅっと掴んだ。おお、と進次郎が声を出して、そのまま立ち上がる。みかげはその動きに合わせて、ゆっくりと上体を起こし、次いで膝立ちになり、最終的にはよろよろしながらではあるが、立ち上がった。

「だいぶんいいが……まだ変化をとけそうにない」

みかげはぶすっとして、言った。「まったく……こんなことになるとわかっていたなら、舐めるのではなかった」

「チョコは猫にはよくないからでしょうね」

孝志が言うと、不機嫌な顔を向けられる。

「本当かどうか、試したんだ」

「アホか」

進次郎が呆れたように呟いた。

よろよろするみかげを伴って、裏庭へ出る。二月の深夜だ。吐く息が白くなるほど寒い。空を見上げると雲ひとつなかった。しかし庭へ出ると人感センサーのライトがつくので、星は見えない。月は、建物の向こう側に出ているだろう。

「なるほど。以前のあの子か」

外に出ながら、深夜なので小声で荒木の話をすると、みかげは、ふむ、と息をついた。

「とっても高いチョコのようなので、お礼だというし、神さまにもお裾分けしようと思って……ほんとうは、みかげさんにも差し上げたいんですが」

「気持ちだけでいい」

さすがに懲りたらしく、みかげはふるりと、一度だけ首を振った。裏口前の段差に腰をおろしている。まだ猫に戻れないらしい。

「神さま。きょうは結晶ではなくて、いただいたチョコのお裾分けですよ」

進次郎は祠の前でしゃがむと、いそいそと小箱をあけた。

中には小粒のチョコレートが六つ、並んでいた。雪の結晶みたいだな、と孝志は思う。チョコレートは白もしくはピンク色の銀紙に包まれているのだが、形ではなく配置が六角の結晶を思わせた。

この箱のサイズならもっと入れられるのではないだろうか、とか、この個数であの値段なんだ、と、孝志はいろいろと考えてしまった。荒木の母が買ってきたというなら、バレンタインデーのチョコレートとしてよりご進物の意味のほうが強いのかもしれない。

進次郎は、白とピンクを一個ずつ手に取ると、祠の前にそっと置いた。

「お口に合いますように。――ミケが食べないなら、残りの四つを俺と孝志くんで分けよう」

「それで充分ですよ」

しゃがんだまま振り返った兄に、孝志は同意した。何故か兄は、不憫《ふびん》そうに孝志を見る。

「それにしても、……残念だったね」

「何がですか？」

「いや、……あした、学校で渡すと、誤解されると言っていたじゃないか、あの子」

進次郎が何を言っているかすぐにはわからず、孝志は首をかしげた。

「あしたというと……バレンタインデー……ですか」

「そうそう。学校でチョコの受け渡しをして、……その、誤解されたくなかったのかなと」

「でしょうね」

進次郎がためらっているのがどうしてかわからないまま、孝志は肯定した。「中身がチョコでなくても、何か個人的にもののやりとりをしたら、誤解されるかもしれないですし」

「孝志くん……君、かなりの強心臓だな」

どういう意味だろう、と孝志は首をかしげた。ふわっと察するが、はっきりとはわからない。黙っていると、小箱の蓋を閉めた進次郎が立ち上がる。申しわけなさそうな顔をした。

「すまない。からかったつもりはなかった」

「え、あの……強心臓ってどういう意味か、わからなくて」

進次郎が何か誤解をしたらしいのを察して、孝志は正直に申告した。恥ずかしい気持ちになる。

兄とは十歳近く違うので、孝志のほうが物知らずなのはしかたのないことだ。とはいえ、進次郎はときどき孝志が聞いたこともない言葉を使うので、その場をなんとかやり過ごしつつ、あとで調べることもたまにある。

今は進次郎が反応したので、やり過ごせなかった。自分の無知を相手に正直に告げるのは、どことなく恥ずかしい。

「えっ……その、度胸がある、というくらいの意味だが……」

進次郎はもごもごと説明した。「すまない。いやみを言ったつもりはなかった」

「いやみ？　とは、思いませんでしたけど……」

孝志はぽかんとした。

進次郎は困ったような顔で、孝志を見おろしている。

「その、孝志くんは、……あの子が、学校で受け渡しをして特別の仲だと思われたくないから、わざわざ家まで持ってきてくれたってのは、わかっていたのか？」

「僕に迷惑がかかるかもしれないと言っていたので、はい。それはつまり、荒木さんにとっても、周りに僕との関係というか仲を勘違いされるのは迷惑なんだろうなとは思いました。こっそり受け渡しをするにしても、学校だと、誰が見ているかわからないですし、説明もきちんとできなかったでしょうし……」

拙《つたな》いながらも孝志が答えると、進次郎はびっくりしたように目を瞠った。

「き、君は……なんだか、すごいな」

「すごいとは……」

「女の子がわざわざ家までチョコを持ってきてくれたら、理由がなんであれ、……その、……相手に好かれているとか、よく思われていると勘違いして、舞い上がったり……しなさそうだな、孝志くんだったら」

途中で進次郎は、ちょっと笑った。「俺だったら勘違いをしたな。相手がいい感じの子だったら、舞い上がりそうだ」

舞い上がる兄が想像もつかない。

「僕は、自分が女の子によく思われるというか、好かれるタイプじゃない自負があります」

孝志は真顔で言った。進次郎は呆気に取られたように口をあける。

「自分でこういうことを言うのもどうかと思うんですが、僕はなんというか、影が薄くて、ぱっと見が男らしいというわけでもないし、性別問わず、好感を抱かれにくい気がしてるんですよね。特に人当たりもよくないですし。ありていに言うと、モテない、という……」

自分で言ううちに、孝志は妙に愉快になってきた。

女の子を好きだったことがないわけではない。だが、孝志は、いやだな、と思った相手に害が及ぶ可能性がとても高い、久遠曰《いわ》くの呪い体質である。物心ついたころからそれを自覚して生きてきた。

他者への好意は、何かあったとき、嫌忌《けんき》に転じやすい。好きになった相手に、自分に落ち度がないのに邪慳《じゃけん》にされたとき、恨みに思わないとは限らない、という考えがどこかにあって、いつも孝志は感情を抑えてきたのである。

特に関わったこともない相手に蔑《ないがし》ろにされれば腹も立つが、暴力をふるわれたり、逆に孝志が暴力をふるったと周りに吹聴されたりなどの実害がなければ、気にしないようにしていた。それでも、見知らぬ相手を怖いと感じたときも排除の対象となるのはいかんともしがたかった。

「だから、荒木さんがチョコをわざわざ持ってきてくれても、それが好意からとはまったく思わなかったんですよね。それに、……たぶん荒木さんは、僕たちが何もしていないのに、自分の気持ちを変えるきっかけになった、と考えるくらい、追い詰められていたんじゃないかと思うんです」

孝志が説明すると、進次郎は、なるほど……という顔になっていく。

「追い詰められていた、か。確かに、俺はあの子のことをよく知らない。だが君は同級生なんだよな。家の事情も複雑そうだった……」

「荒木さんが、自分のしたいことをできる可能性を掴めたのはよかったです。でもそれは、彼女が自分の意志を通す覚悟をしたのを、お母さんが加勢したから、そういう結果を得られたんですよね。……僕は、あまり関係ないような……」

「そうでもなかろう」

みかげの声がした。振り返ると、みかげは閉めた扉にもたれ、少し顎を反らせていた。センサーライトに照らされた顔色は、さきほどよりよくなっているように見える。

「ここに来ていたあの家の猫を、家に帰してやれた。……のだろうしな」

「やっぱりいい話になっちゃったんですか?」

以前にみかげとした会話を思い出しながら、孝志は尋ねた。

「いい話かどうかは知らん。それに、福太郎《ふくたろう》が本当に戻っていったかもわからん。俺だって、この界隈のあやかしの動きをすべて把握しているわけではない。そこの神とて知らぬであろう」

「よそのことなど知らんよ」

祠から声がした。ぎょっとして目を向けると、祠の戸がこそりとあいて、中から、にゅっ、と手がのびて出る。

「ひゃっ」

さすがに孝志はその絵面にたまげ、声をあげて後退った。

「孝志くんでもそんなふうに驚くんだな」

いつもなら怖いものに対して微妙に怒ったような態度を示す進次郎が、軽く目を瞠る。

「お、お兄さんこそ、なんでそんな平気なんですか」

「昔、こういう貯金箱があったんだよ。お金を置くと、手が出てきて、掴んで中に入れるのが」

「進次郎。もらっておくぞ」

進次郎の説明のとおりに、出てきた手が、置かれたチョコレートの粒を掴んだ。ぬるっ、と引っ込んでいく。

「それ……ミケはだめだったみたいですけど、神さまはだいじょうぶですかね」

進次郎はやや気にしたように祠に顔を向けた。進次郎が驚いていないのに、自分が祠から出てきた手に驚いたのが、孝志は急に恥ずかしくなってきた。だが、どう考えてもあの手が出てくるのは怖すぎる。心臓がばくばくして、顔が熱かった。強心臓なのは兄だ、と思う。

「うむ、まあ、だいじょうぶであろう。これはヒトの神経を高ぶらせる作用があるようだな。……気に掛けてくれた礼だ。一回ぶん、ただで回してやろう」

ぱたり、と戸が閉じた。次いで、ぴかっ、と祠がひかる。

「え、……もしかして」

もう朔は答えなかった。進次郎がおっかなびっくり、祠の戸をあける。中に何かあるのが、孝志にも見えた。孝志はおそるおそる、進次郎の近くに戻る。

「……ん～」

進次郎は祠の中から取り上げた紙を眺め、苦笑した。

「なんですか？」

「……昔、母さんがつくってた、手作りチョコのレシピだ」

進次郎が手にした紙を、孝志は覗き込む。いつもと同じハガキ大の紙だ。いちばん上にまるっこい可愛らしい字で、「トリュフのチョコレート」と書いてある。以前の、進次郎の作文のように、これも縮小コピーのように見えた。

「意外に手が込んでたんだなあ……」

進次郎はそのレシピをライトの光が当たるようにして眺めた。

「お兄さんに、つくれそうですか？」

「まあ、できなくはないと思うが……」

そこで進次郎は肩を揺らした。笑っているようだが、孝志は危ぶんだ。進次郎にとって、実の母が微妙な愛憎の対象なのは察している。

「その、……中学のとき、店までチョコを届けてくれた子がいるんだ」

しかし、進次郎は予想だにしなかったことを語り始めた。

「お兄さん、やっぱりもてるんですね」

「やっぱりとは？　君は俺が女の子に好かれると思ってるのか」

進次郎は意外そうな顔をして、手にしたメモから孝志に目を移した。

「僕よりは。お客さんの中には、猫さんたちもですが、お兄さんを好きで来てるお客さんもいますよ」

「……まあ、それはともかく」

進次郎は笑いをこらえるような顔になった。再びメモ用紙に視線を戻す。

「持ってきてくれたチョコを受け取ったのは母さんで……手作りだったら何か悪いものでも入ってるんじゃないの、と勝手に中をあけてしまったんだ。ちゃんとしたお店で買ったもので、今はそうでもないがそのころはまだ手に入れにくかったものだったから、ためしにひとつ食べて、おいしかったからと半分くらい食べられてしまって」

進次郎が母親の話をするたび、進次郎の視点でしかないとわかっているのに、ひどいな、と孝志はつよく思う。

これは孝志が進次郎の気持ちしか考えていないからだが、それでも、我が子とはいえ勝手に贈りものを開封して、しかも半分も食べてしまうとは、ふだんどんなにいい親でも、どうかしているのではないだろうか。

「じいさんは俺が帰ってからそれを知って、さすがに咎めたよ。俺も怒った。母さんはしくしく泣いて、あんたが心配だったから毒味をしてあげたのに、と言ったな」

孝志は必死で唾をのみ込んだ。でなければ、独善的な物言いだと、進次郎の母親を非難していただろう。

しかし、そんな母親でも、進次郎は好きで心のどこかで期待していたのを、孝志は知っている。――母親が死んでしまった今でもそうかもしれない。

進次郎が孝志を弟として受け容れつつもそれなりの距離を保ってくれるのは、そうした母親の過干渉や気まぐれな放任に翻弄されて、密接さを苦手としているからだ。孝志は進次郎との距離感は心地よいが、進次郎は苦しくはないのだろうかと、ときおり考える。以前も、朔が言っていた。進次郎はひとりでいるのに飽きたから、突然現れた孝志を受け容れたのだろうと。

進次郎は、さびしいのではないのだろうか。

「じいさんがさすがに、同じものは無理でも代わりのものをあげなさい、と母さんを叱ったのも、おかしかったけどな」

進次郎の母親がいつまでも少女というより子どもめいていたのは、その両親、つまり進次郎の祖父母にも問題があると孝志は考えている。だが、進次郎はまだ母より祖父について親しげに語る。

それに、進次郎が語るたびに、本当に彼は母親を好いていて、ひどい言葉を投げられて傷ついても、ごくまれに与えられるやさしさをよすがに、憎みきることもできなかったのだろうと思わされる。ほんとうにひどい、としみじみ思うし、つい言ってしまうこともある。進次郎は孝志の評を聞いて笑うが、……孝志にはそれがやるせなかった。

「それで、母さんがどこからかで調べてきて、チョコをつくってくれたんだ。これはそのときのレシピだな。ホワイトデーまでのあいだに何度かつくってくれて、けっこうおいしくなったし、くれた女の子にお返しをあげたらって持たされて……渡そうとしたんだが」

そこで進次郎は、口を閉ざした。見ると、顔は笑いをこらえている。孝志にはこの話の流れでその表情になるのはどうしてかまったくわからなかった。

「その女の子は、俺がチョコを渡そうとしたら、気持ち悪い、と言ったんだ」

「え……」

びっくりした。

孝志は何度もまばたいて、兄を見上げる。

「わざわざ、お店までチョコを持ってきたなら、その子は、……お兄さんを好きだったんじゃないんですか？」

「好きだったらしいよ、そのときまでは」

進次郎は、失笑気味につづけた。「俺が、お返しを持ってきた、と言ったところまではうれしそうで、機嫌がよかったんだ。手作りのチョコだけど、と言ったら、誰がつくったの？　と訊くからさ……母さんだって、言ったら、ものすごい顔になって、気持ち悪い！　って叫ばれたよ。受け取りかけてたのに手を引っ込めて、そのまま逃げていったな。帰る前の、教室だった」

気持ち悪いと言った女の子が、何を気持ち悪いと思ったのか、孝志にはさっぱりわからない。今どきは手作りが歓迎されないことはわかっている。だが、それが気持ち悪かったわけではないだろう。……母親の手作りを持っていくことが気持ち悪いとでもいうのか。孝志にはよくわからなかった。

「びっくりして、それは持って帰って、夜にじいさんと食べたな。母さんが帰ってきて、受け取ってもらえなかったと言ったら、あらっ、て笑ってた。そうなると思った、とも言っていたな」

「あのときの雅美は、母親の手作りを持たせて、相手を威嚇したんだと思うぞ」

みかげが言った。呆れた顔をしている。「うちの子に手を出すな、という意味だったんだろうな」

「俺も、だいぶたってから、……母さんが死んでしばらくしてから気づいたな。気づいたというか、そうだったのかな、とぼんやり察したというか」

まさか、と孝志は呆気に取られた。

孝志の驚きように、進次郎が肩をすくめる。

「母さんは、理由は本人にもわからなかったかもしれないが、息子の俺を、邪慳にしたり、自分の都合で可愛がったり、突き放したりしたが……もう飽きたおもちゃでも、誰かに取られそうになると惜しくなる、という感じだったんだろうな」

進次郎に言われると、孝志の感じていたもやもやがそのとおりだと思えてくる。

「勝手ですね……」

「俺は自分がそうなるんじゃないかと、ときどき怖いよ」

進次郎はそう言うと、前髪をかき上げた。「ひとは、自分がされたことしか、ひとにできないと、思うからな」

兄の考えていることは、孝志にもわかる。しかし、本人が懸念するほど、母親と似たことをしてはいないと孝志は思う。それは今までにも告げてきた。だが、告げたとしても、本人が納得できなければ事実にはならないことも、理解していた。

「進次郎。……」

孝志が何か言うより先に、みかげが呼んだ。見ると、彼は何か言いたげだった。口をあけたが、すぐに閉じる。

その姿が、微妙にぶれた。

黒猫が、扉の前で、ちいさく鳴いた。

進次郎は、小箱や祠から出てきた紙片を小脇にかかえ、大股で猫に歩み寄った。少し身をかがめ、抱き上げる。

『やっと、戻れるようになった』

みかげは、抱き上げた進次郎の腕をぬるぬると伝って肩口に乗り上げるようにした。首の後ろを通って、もう一方の肩に顎をのせる。猫の首巻きだ。

『あのようなものを、人間はよくも口にできるものだな。しかも、本来ならば好いている異性に渡すのだろう？　まったく、理解できない』

「まあ、お菓子会社が煽《あお》って根づいた習慣だからな。昔はそんなこと、しなかっただろ？」

進次郎が問うが、もうみかげは答えない。進次郎は、手を伸ばして、肩にしがみつくみかげの顎の下を撫でた。

「もともとチョコは興奮剤みたいなもんだし……」

みかげを撫でる手の脇から小箱などを持ち替えつつ、進次郎はつづけた。「だから孝志くん、このチョコに限らないが、夜には食べないほうがいいと思う。寝つきにくくなるかもしれない」

「そうですね。あしたの朝、食べますよ」

孝志は神妙にうなずいた。

『進次郎、おまえはあすの夕方、人間に戻ってからにしておけ。朝になればおまえはどうしても猫に変わってしまう。その前に食べたら、苦しむかもしれないからな』

みかげが、うにゃうにゃと言った。

「なるほど。教えてくれてありがとうよ、ミケ」

進次郎は怒るでもなく礼を述べる。

兄はみかげのせいで猫になるようになってしまった。だけど、以前は知らないが、今の彼はそれについてみかげを罵ったりも不平や不満を言ったりもしない。不便なことはあると言うが、みかげのせいにはしない。

そんな進次郎を、孝志はとても好きだが、きょうはなぜか、そうした彼の態度が悲しく思えた。

三

捨てられた猫

三月のはじめに学期末試験が終わると、試験休みのあとは卒業式があり、その後は高校入試となる。さらにその後は希望者のための選抜試験とその結果を出すための会議があり、在校生で選抜資格のある生徒以外は、年度末の修了式までは校舎に入ってはいけないため、部活動も休みになった。つまり、春休みではないが、ほとんど登校しなくてよくなるのだ。

その間、それなりに課題が出るのでやることがないわけではない。一年間の復習のようなものなので、授業をちゃんと聞いていたり、教科書を読み直したりすればきちんと終えられる内容ではある。

「進路について、何も考えていないんですよね」

孝志がしみじみと相手に向かって言ったのは、三月半ば過ぎの午後だった。

学校が休みのあいだ、ためしに午後過ぎから開店しよう、と決まったのは、三月に入ってからだった。進次郎はやや心配そうだったが、孝志が強く希望したのである。

「どうしますかねえ……」

言われたほうは、怪訝な顔をして孝志を見上げている。

ホワイトデーの翌日だ。三月も半ばを過ぎると少しはあたたかくなってくる。特にみかげ庵の前庭に面した席はよく陽が入って心地よいほどだ。しかし孝志が座っているのは奥のボックス席で、窓からはさほど離れているわけではないのに、空気がひんやりして感じられる。

開店してみたものの、いつも夜間営業だからか、お客はほぼ来ない。一応、レジでレシートを渡すときにカードを配って、三月は決まった日の昼間も営業している旨を知らせるようにはしている。しかしみかげ庵の客のほとんどは、深夜でもやっている店だから来るようだった。昼間の営業をするようになっても、二度ほどしか接客をしていない。

猫店員にも夜に来てくれとお願いしているから、接客するのはみかげと、猫になった進次郎だ。進次郎はふだん、深夜に寝つき、起きたときには猫になっている。だから孝志は、登校する朝には、たいていひとりで何もかもやっていた。

両親が留守がちだったので、孝志はみかげ庵に来る前から自身のことは自分でできていた。洗濯も掃除も、料理もだ。だが、どれも完璧にとはいかない。ちゃんとした名前のついている料理で危なげなくつくれるのはカレーくらいだ。ほかはかなり適当で、食材を調理して食べられるものはつくれたが、それを「料理」と呼べるかは謎だった。

休みだからとだらだらしてもあとで困るのは自分だとわかっているので、孝志はいつもと同じ生活をして、ついでに家事もした。午後になると猫の進次郎が階下へおりてきて、猫の餌をたべたり、水を飲んだり、用を足したりする。

猫のときの進次郎の日課は、それから外に出て猫店員に声をかけ、夕方ごろに戻ってくるくらいだ。孝志が昼に店をあけるようになり、接客要員となった進次郎が勧誘に行かないからか、夜に来てくれる猫店員は少し減った気がする。それを気にしてか、店休日の昼間には絶対に勧誘に出かけていた。

「このまま、お店のお手伝いでもいいとは思うんですが、それだとつぶしがきかないだろうと、先生には言われました」

先生とはもちろん、学校の担任教師だ。四十代ほどで、それなりに生徒の人望があり、真摯に生徒に向き合ってくれる。孝志は担任にこれまでも、進路について、特にやりたいことはなく、家の手伝いをつづけたいとは言ってある。

「先生の言うとおりだとは思うんですけど、何をすればいいでしょうね」

お客が来ないので孝志はボックス席に入ったが、もちろん店の出入り口が見えるように、奥の壁を背にしていた。初めてこの店に来たときはここで眠ってしまったものだ。

孝志の向かいには、白猫がちょこんと座っている。黒猫はその隣で、隅っこに尻を押しつけるようにして丸くなっていた。白猫は真顔だが、黒猫は目を閉じていて、孝志の相談を聞く気はないらしい。

「お店のことは気にするなって、お兄さんは言うかもしれないですけど、進学するにしても、ここからだと電車でだいぶんかかりますよね」

みかげ庵のある土地は、郊外のベッドタウンのさらに先にある、ふるい街道沿いの町だ。正確には旧街道からも離れている。このあたりの高校生は、進学する場合、電車で一時間以上かけて通学するか、隣町にある郊外の大学に自動車で通うかのどちらかになるらしい。

卒業後、どこかに通うにしろ、自動車の免許の必要性を、孝志はひしひしと感じている。学校でも、授業後に通う三年生のために、正門の前に自動車学校のバスが停まるほどだ。進路よりそちらが気になってしまう。

「電車通学をするとお金がかかっちゃうし……大学もお金がかかるし、負担になると思うんですよ。専門学校も……だから、進学はしなくてもいいのでは、という気がしますが……」

孝志はそう言いながら、あくびをした。

昼、あけてはみるものの、あまりにも客が来ないので、やることがない。進次郎も、無理をしなくてもいいとは言ってくれるが、学校にも行かず、夜だけの手伝いなど、あまりにも殺潰《ごくつぶ》しではなかろうかと孝志は心配しているのだ。進次郎はそんなことを言うはずもないのだが。孝志くんは家事もやってくれるので助かる、といつも言ってくれる。

にゃあん、と声がした。はっ、と孝志は我に返る。見ると、正面の席には黒猫が丸まっているだけだった。白猫がいない。

「お兄さん？」

思わず立ち上がろうとした孝志の隣に、ぴょいっ、と白猫がとびのる。孝志はほっとした。浮かせかけた腰を落とす。

「びっくりした。どこかへ行ってしまったかと……」

そう語りかける孝志の膝の上に、白猫がぬるりとのり上げる。ほどよい重みとあたたかみが布地越しに感じられた。

白猫は、くるんっと丸くなった。孝志の膝におさまるように身を縮めている。可愛いなあ、と孝志は思った。そっと手を伸ばして、撫でる。白猫の毛はやわらかでふかふかもふもふしていて、とても手ざわりがいい。

あまりにもお客がこないときは、猫店員の毛を梳《す》いてきれいにすることもある。換毛期にはできるだけ暇を見つけてやる作業だ。

この白猫は進次郎だ。進次郎の毛を、孝志は梳いたことはない。もちろん進次郎だってないだろう。それでも白猫の毛並みはつやつやとして撫でていると心地よかった。毎日、人間に戻るからだろうか。進次郎はきれい好きで入浴に時間をかける。なのでいつも孝志が先に使わせてもらうくらいだ。

「もふもふですね……」

孝志は、呟いた。

＊

気がついたら、暗い場所にいた。

いつもの、あの場所だ。花のようにかさのひらいた電灯がぶら下がっている。大木の切り株のような丸い卓と、切り株の椅子。

だが、誰もいない。

孝志は訝りながらあたりを見まわした。暗がりだが、遠くにぽつりぽつりと灯りがある。同じようなテーブルがあるのだろうか。そこまではわからない。

『孝志』

名を呼ばれてびっくりした。この場所でそんなふうに呼ばれたことはない。

呼び声のほうを見ると、すうっ、と朔がテーブルのそばに現れた。

「朔さま」

『すまないな』

何故か朔はまっさきにそう言った。『儂と縁のある者が来るかもしれない』

なんだかいつもとようすがちがう、と孝志は思う。この場も、朔も。

「縁、ですか」

朔は孝志のそばに来ると、ついっと視線を闇に向けた。その目の色が、すうっと変わったのを、孝志はまじまじと見つめた。いつもこんな色ではなかった気がする。空のように、薄い青。

よくよく見ると、髪の色も淡くなっていた。いつもは黒っぽい髪のはずなのに、色が抜けていく。灰色っぽく見え、やや白さが強くなった。

『……おお、すまん、……その、格上げされる前が、こんな色味だったんじゃよ。おまえには異様に見えるじゃろ』

「きれいですよ」

不思議ではあるが、異様とまでは感じなかったので、孝志は色味についてだけ、正直な感想を口にした。朔の横顔がほころぶ。

『今は本当に、昔と違う。昔の禁忌が、今ではまったく気にも留められん。儂のような異形でも、特に気にせぬどころか好む者すらおるらしいことは知っている。いやはや、まったく……お、あれがそのようだ、孝志』

朔が何を言っているのかわからず、孝志は首をかしげた。いざなうような言葉とともに朔が手をあげて視線の先を指したので、そちらを見る。

闇の中から、かさり、こそり、と音がした。

『そこで止まれ』

朔が告げると、近づいてきた音が止まった。

『通るだけだ。邪魔はせぬ』

しわがれた声が聞こえた。孝志はそちらを見たが、闇しか目に入らない。

『通るだけとは水くさい。儂の同属であろう。休んでいかれよ』

『……格上げされた宿儺《すくな》の同属とは、畏れ多い』

相手はぼそぼそと返した。『俺のような者に慈悲をかけるとは、なんの酔狂か』

『酔狂ではない。同属だからじゃ』

朔は辛抱強く繰り返した。『どちらにしろ、ここは通りぬけるだけでも、本来とはまったく異なる姿に転じる。ヒトが好む姿にな。儂がそのようにしとるんじゃよ。その姿になれば、苦もなく身を休められるぞ』

『ヒトが好む姿に転じる……？　この我が身が？　まつろわぬものに属する、醜いこの身が……？』

その声はどことなく自嘲の響きを帯びていた。しかし、どこにいるのだろう。朔が顔を向けているほうから声が聞こえるものの、孝志に姿を見ることはできていない。

『おお。疑うならば試すがいい』

朔の横顔がかすかな笑みを浮かべる。

かさり、と音がした。次の瞬間、誰かが丸い卓の前に座った。その頭には、三角の耳がついている。

進次郎と同じくらいの年ごろの男が、孝志を見返した。よほど驚いているのか、彼は大きく目を瞠っていた。

『孝志、あの者は、どう見える』

問われて孝志は、まじまじと男を見てから、朔に目を戻す。朔の髪も目も、いつもの色に戻っていた。

「いつも……ここで会うひとたちのようです」

『ならばよい』と、朔は笑って、やっと孝志を見た。『目をさませ。今回のことは忘れぬように』

孝志はとたんに周りの景色が遠ざかるのを感じた。

にゃー、と鳴き声が聞こえる。

孝志はむくりと身を起こした。

膝の上で白猫が目をつむって丸くなっている。目を上げると、向かいの席で首もとだけ白い黒猫が起き上がり、じっとこちらを見ていた。

「みかげさん。夢で、……僕、いつも見る夢の場所に行ったんですけど……」

そうだ。あの場所は、いつも行く場所だ。だけど、今までそんなこと、ほとんど思い出していなかった。しかも、何度も行っているはずなのに、……行った、という感触だけが残っていて、詳細はまったく思い出せない。夢だから思い出せなくても不都合はないのだが、今回ははっきりと憶えていて、それが朔の意向であるらしいことも察しがついた。ということは、いつも朔が夢の記憶を曖昧にしてしまうのだろうか。

それとも、朔が忘れぬようにと言ったから、憶えていられるのか。

「神さまが」

孝志が言いかけると、にゃー、とみかげが鳴いて、ソファから跳びおりた。店の出入り口に向かって、とととととっと歩き、レジの前で振り返る。

その顔を見て、孝志はそっと、膝の上の白猫を抱き上げ、ソファのすみっこに置いた。眠っている白猫は、口もとをむにゃむにゃさせたが、目をさまさず、すうっ……

と再び寝息を立て始めた。孝志は後ろ髪をひかれるような気持ちでボックス席をあとにした。

レジ前のみかげを通り過ぎ、扉をあける。外に出ると、あとから出てきたみかげがするりと先に立った。彼なりに案内しようとしたのだろうが、その必要はなかった。

門を入ってすぐのところに、灰色のぼろ雑巾のようなものが丸まっていた。


孝志が、抱き上げたそれを店内に連れ込むのをためらっていると、みかげが前庭のほうへ向かい、途中で止まって振り向いた。前庭の窓からも出入りができる。孝志はなるほどと思いながら、灰色猫を運んだ。灰色猫はさほど大きくなく、窓をあけるために片手で抱いても持っていられた。

窓をあけ、孝志はそこから中に手を伸ばした。窓ぎわの壁沿いには猫用品が詰まった戸棚が置かれている。中段の抽斗《ひきだし》から苦心して片手でペットシーツを取り出し、なんとか床に敷いた。その上に灰色猫をそっと置く。薄汚く見えるがどうやら地色のようだ。そう考えると、思ったよりは汚れていない。

孝志は人間用のウエットティッシュを取り出して手を拭ってから、カウンターに近づいて水差しを取り上げた。水の器を満たしてから灰色猫の顔の前に押しやる。横たわっていた灰色猫は、そっと鼻面を近づけた。

「よかったら、どうぞ」

　孝志が声をかけると同時に、灰色猫は舌を出して水を飲み始めた。ぴちゃぴちゃと音がする中、孝志は水差しをカウンターに置く。次いで戸棚の下の扉をあけてドライフードを取り出した。まだ猫店員のための準備はしていなかったのだ。ざらざらとドライフードを皿に盛ってから、念のため、抽斗から缶詰のウエットフードも出して、ぱきりと蓋をあける。ウエットフード用の皿に盛って、しばらく待った。

　猫は水を飲むうちに身を起こせるようになっていた。

「食べられる？」

　そんな簡単に回復するものなのかと疑問に思いつつ孝志が声をかけると、灰色猫は顔を上げた。そっと孝志が餌の皿を差し出すと、それぞれくんくんと匂いを嗅いでから、ウエットフードを食べ始めた。

「食べられるならよかった」

　それにしても、と孝志は気になってきた。灰色猫がやって来たのは、あの夢の中で朔が休んでいくよう勧めたからだろう。猫の世話をするのはかまわないが、……孝志は夢で聞いたやりとりを反芻《はんすう》した。

（本来とはまったく異なる姿に転じる。ヒトが好む姿にな）

　……今まで、孝志は猫店員が猫だと信じて疑わなかった。疑うはずもない。だが、朔の物言いでは、この土地に入ってきたものが猫になってしまうように聞こえた。

「いいんですけど……猫じゃないんですよね、たぶん」

孝志が、うーん、と考え込むと、灰色猫は食べるのをやめて顔を上げた。言葉がわかるのだろう。じっと孝志を見つめる。その視線に、孝志は少なからず驚いた。ひどく利口そうな灰色猫は、すまなさそうに見えたのだ。

「えっと、……その、困っているわけでもないし、休んでくれてかまわないんですが、……それに、本当がどんな姿でも……不思議なだけで、特に問題ないですよ」

猫に見えるだけではなく、さわっても猫そのものだった。何がどうなって猫になったかはわからないし、元がなんなのかはわからない。だが、とにかく猫だ。

どうして？　という疑問が強くあるだけだ。疲れ果てて倒れていた猫。そしてここ、みかげ庵は、猫を店員とする店だ。猫のために何かするのは造作もない。本当に、問題はないのだ。

ただただ孝志が、不思議なだけだ。

灰色猫は孝志が促すと、また食事を再開した。好きなだけ食べていいですよ、と孝志が言ったからか、ウエットフードをぺろりと平らげた。

それからまた水を飲み、落ちついたのか毛繕いをし始めた。そのようすを見ていると、疲れて空腹なだけで、怪我などはしていないようだ。よかった、と孝志は心底思った。怪我でもしていたら獣医に連れていくべきなのか悩んだだろう。しかしあの夢が現実なら……いや、夢を現実と表現するのもおかしな話だが、とにかく、この土地から連れ出せば猫でなくなってしまう可能性もある。その場合、獣医に連れていくのは適した処置か否かと迷っただろう。

「怪我はしてないようですが、体にどこかわるいところはないですか？」

ひとしきり毛繕いを終えた灰色猫に向かって問う。灰色猫はきょとんとした。何を言っているのか、という顔だ。孝志は少し恥ずかしくなった。

「ええっと……さっき、会いましたよね。あの……」

なんと言ったらいいのか。それに、言ったとしても、灰色猫も答えようがないだろう。灰色猫は黙ってじっと孝志を見た。

「ここは、猫さんがいてもいいんですが、店員さんをやってもらう店なんです。朔さまがあなたにここで休むよう言ったのは、僕も見てました。だから、店員さんはやらなくてもいいです。お客さんが来ても、反応せず眠っていてください。無理に起こしたりはしないので」

考えながら、孝志は語りかけた。朔はこのみかげ庵と小野家の敷地の土地神だ。小野家の家族だからと、孝志も守ってもらった。――孝志の父が進次郎の父というだけの異母兄弟の縁で、小野家そのものと孝志はなんの関係もない。だが、進次郎が弟と認めたからと、朔は孝志を追ってきた呪詛《じゅそ》から守ってくれた。呪詛が辿り着く前に来た久遠に頼まれてもいたが、頼まれるまでもないと答えたらしい。つまり、朔自身の判断でそのようにしたのだ。

だから、孝志は朔を崇敬している。それでなくとも一応は神さまだ。敬う気持ちはあった。

あの夢で朔は、この灰色猫に休むように勧めていた。ならばその意向にそって灰色猫の世話をするべきだ、と孝志は結論を出したのだ。

灰色猫は、不思議そうに孝志を見上げた。

おそらく孝志の言葉を理解しているだろう。そんな気がする。しかし、灰色猫が何を言おうとしているか、孝志には伝わらない。

「もう……みかげさんが通訳をしてくれればいいのに……」

ぼやくと、戸棚の横にいたみかげが、あん！と鳴いた。どことなく不服そうに聞こえる。それまでみかげは、孝志が甲斐甲斐しく灰色猫のために働くさまをじっと見ていたのである。

「みかげさん。灰色猫さんがなんて言ってるか、わからないですか？」

みかげは答えない。ふん、と鼻を鳴らすと、水の器に近づき、音を立てて水を飲み始めた。

　孝志はやれやれと溜息をついて、戸棚にもたれる。ペットシーツの上で灰色猫がそっと身を横たえた。体の前で前肢を重ねると、灰色猫は目を閉じた。


　夕方になると、進次郎が手にしたエプロンをつけながら、ボックス席から出てきた。椅子に座って灰色猫を眺めていた孝志は、はっと顔を上げる。

「お兄さん」

「孝志くん……」

　孝志を見る進次郎は、ちょっと困っているように見えた。孝志は、灰色猫の件をどのように説明しようかと、ぼんやりとしか考えていなかった。灰色猫が本格的に眠り始めてから気づいたくらいだ。

「その猫……裏の神さまが招き入れたようだな」

　進次郎はそう言いながらも、自分が何を言っているのかと、半ば疑うような顔をしていた。孝志は少しびっくりしたがうなずいた。

「そうです。どうして知ってるんですか？」

孝志が訊くと、進次郎はいやそうな顔をした。孝志の問いかけをいやがっているのではないのは察せられる。自分が答えようとしている内容がいやなのだろう。

「神さまが夢枕に立って……お告げを……」

もにょもにょと答える顔が、ほんとうに、ほんとうにとてもいやそうで、孝志は苦笑した。

「僕も夢で見ました」

「なんかずるいよな。これこれこうするのであとはよろしく、みたいに、一方的に電話でまくし立てられて切られるみたいだ」

夢の詳細を話す前に、進次郎がぼやいた。まったくその通りだったので、孝志は思わず声を立てて笑ってしまった。進次郎もぼやきつつも、表情は笑っている。

以前は幽霊がいないと思っていた進次郎だが、裏庭の神さまと馴れ合ってしまった以上、人間ではないものがいることを渋々ながら認めているようだった。自身が呪いで猫に変わるようになったのにあやかしの存在などを疑っていたのは、どうにも不思議ではあるが。

「で、その猫が……？」

「はい。疲れてるみたいで、ごはんをあげてからはずっと寝てます」

とこからともなく、にゃー、と声がした。見ると、前庭に猫店員たちが集まってきている。三匹ほどだろうか。いつもより少ないようだ。

「その子は休ませておいたほうがいいな。だけど、あいつらと一緒にぬぐおう。そうしたら猫ベッドに入れてもいいし」

猫用スペースには猫ベッドも置かれている。半円に屋根のついたものや、受け皿のようになっているものといろいろあったが、猫店員が中に入るのは稀だった。

「やっぱりぬぐったほうがいいですよねー……」

みかげ庵に来る猫たちは諦めがついていて、ぬぐわせてくれる。しかし灰色猫はどうだろう。神さまが言い聞かせてくれていることを、孝志は祈った。

毎日、猫店員は日暮れ前後に現れる。進次郎が勧誘するときに説明しているのか、ある程度、店の事情を心得ているようで、暗くなったあとに来る猫はいない。

猫店員をぬぐってから、おそるおそる試して、灰色猫もなんとかぬぐえた。ぬぐう前にきちんと話しかけて説明したのが功を奏したと、孝志は思った。進次郎もやさしくなだめていた。といっても、進次郎はたいてい、猫店員に話しかけるときはやさしい。声音や物言いだけでなく、その手つきもだ。

孝志が灰色猫を抱き上げて、受け皿のようになっている猫ベッドに入れると、最初はきょとんとしていたが、そこで寝るといいですよ、と孝志が告げたのを理解したらしく、丸くなって目を閉じた。可愛らしい寝姿だった。

灰色の猫はよく見かけるが、今まで見たどれともどことなく違っているように見える。光沢があって、光の加減で青っぽく見えるのだ。

その後、店には何名かの客が来た。みかげ庵の客はほとんどが常連だ。週に二、三度来るか、月に一度来るか。毎日立てつづけに来る客もたまにはいるが、ふた月ほど空いたりする。だからレジで勘定をするときに渡すお知らせのカードは、相手を見て、もう渡したな、と思ったら渡さないようにしていた。すでに持っているものを渡されたら迷惑だろうというのが進次郎の配慮だった。客商売では相手が誰であろうと告知のたぐいはどんどん渡していくべきなのかもしれないが、進次郎のその考えには、孝志も同感だった。

進次郎と一緒に暮らせていることが孝志にはとてもありがたくて、ほんのりと楽しくて、安心する。まったく会ったことのなかった兄だというのに、孝志は今や、進次郎を信じ切っていた。それはたぶん、進次郎のさまざまな感覚、倫理観や他者との距離感などが、孝志にとってほどよく心地いいからだろう。

もともと感情の起伏が小さい自覚はある。他人に過剰な期待や不信を抱かないね、と以前の高校で担任教師に言われたことがある。そうかもしれない。悪いことではないだろう。もちろん、担任もその文脈で褒めているようだった。

自分以外の相手を信じれば、裏切られたと感じたとき、信じたぶんだけ逆に針が振れる。重い信頼は重い恨みにつながる。

そこまで明確にではないが、孝志は物心ついたころ、すでにそんなふうに考えていた。親は孝志を裏切る言動をするひとではなかったが、学校かそれ以前の場所でそんな思いをしたのかもしれない。あなたならできるでしょう、と期待をかけてくる相手は、その期待に応えないと、どうしてできないの、と詰《なじ》る傾向があることを、物心ついたときの孝志は気づかされていたのだ。しかも、やさしく期待をかける者に限って、詰るときの語気の強さはほとんど罵倒と化していることが多い。

掌《てのひら》を返す。まさにその言葉通りで、心地いい言葉を口にする者ほど、自分の思惑から外れた相手を罵り見捨てる割り切りはたいしたものなのだ。

だが、孝志は進次郎を信じることが苦ではなかった。進次郎はもし孝志が期待に応えられなくても態度を豹変させて罵ったりしないだろう。それどころか、期待なぞしていないかもしれない。孝志の勝手な考えではあるが……進次郎を傷つけていたのがもっとも味方になってほしかった母親だったなら、他人に期待することはなくなってもおかしくないと思えた。

「その子、寝てるか？」

閉店後、孝志がモップで床を拭っていると、カウンターの中をかたづけていた進次郎が問いかけてくる。

猫店員はいつも、進次郎が閉店と決め、「解散」を宣言すると、各自店内から出ていく。雨や雪のときは進次郎が仮宿として裏庭に置いた段ボール箱に詰まったりもするが、それでも三分の二はどこかへ行ってしまう。一連の流れは、進次郎が店に猫を呼び寄せて今のような形式で営業をするようになって以来のお約束らしい。

つまり、最初からいる猫店員は知っているし、そうでなくとも猫店員として来ている猫は承知している合図というわけだ。そうではない灰色猫はまだ猫ベッドの中で眠っていた。

「はい」

「いてもらってもいいけど……」

進次郎の言葉に、孝志は内心でほっとした。見た夢を思い返せば、この灰色猫を追い出すのはあまりよいことと思えない。進次郎がどんな夢のお告げを得たかわからないし、何を考えてそう言ったのかはまったくわからないが、灰色猫がこのままでいられるならと安心はした。

「何か、問題でも？」

「トイレかな。一応トイレはあるけど……」

みかげ庵には猫トイレが三か所ある。どれも蓋つきのシステムトイレで、脱臭力のあるチップとシートを組み合わせるタイプだ。客が途切れたときにこまめにチェックをしているので、よほど猫の匂いが苦手でなければ気にしなくて済むレベルではあると孝志は思っていた。

本来、猫はトイレを共用できないようだが、猫店員たちはそうではなかった。ただ、使用済みのトイレをかたづけるように注意を促す。孝志はこれになかなか気づきにくく、進次郎が察してくれることが未《いま》だに多い。もちろん、猫トイレをかたづければ、促していた猫店員はそのあとで使う。猫はきれい好きで、使用済みのトイレを使いたがらない生きものなのだ。

「ぜんぶかたづけてはあります」

実のところ猫トイレの費用もばかにならない。だが、手を抜けば店内に汚臭が漂うのはわかりきったことだ。だからか、進次郎は猫トイレに関しては、孝志に教えつつも、率先して自分で処理をしていた。

「トイレさえきちんとしてくれたら、餌も水も置いておくから、ここで寝てくれてもいいんだが……あとはサークルを出すか」

以前も店に猫店員を泊めたことがあり、カウンター内に入られると困るのでペット用サークルを用いるとは聞いていた。孝志が来てから泊めたことはなかったが、ペット用サークルのおかげかカウンター内の被害はなかったという。ただそれは、猫店員たちがやはりふつうの猫ではないからかもしれない。よその店では同じようにはいかないだろうなと、孝志はなんとなく考えた。

だいたい田舎とはいえ、動物を扱う飲食店として、きちんとした営業許可も取っていない。「猫が遊びに来ている」という態の喫茶店という時点で、かなりきわどい詭弁だ。

「あっ」

気配を感じてそちらを向くと、もそもそと灰色猫が出てきた。もったりと動いて孝志のそばまで来ると、前肢で、とん、とん、と床を叩いた。微妙に腰を上げている。

「おっ」

進次郎が素早くカウンターから出てきた。ためらわず灰色猫を片手に抱き上げる。

「孝志くん、蓋を取ってくれ」

顎をしゃくって近くの猫トイレを示され、孝志はそのとおりにした。進次郎は猫トイレのチップの上に、そっと灰色猫を置いた。

「トイレはそこでするんだ」

進次郎は猫トイレの近くに膝をついて、灰色猫をじっと見た。灰色猫は一瞬、進次郎を見上げたが、すいっと顔を背けた。

しばらくのち、ふわりと特異な匂いが漂う。灰色猫は座ったまま、ざっざっとチップをかいて、したものを隠すようなしぐさをしてから、猫トイレからそろりそろりと床に降り立った。

「よし。憶えたな。いい子だ」

進次郎は顔をほころばせ、うれしそうに灰色猫の顎の下を撫でた。そのしぐさには親愛がこもっている。

撫でられるうちに、灰色猫はごろごろと喉を鳴らし出した。目を細めて、心地よさそうだ。可愛いなあ、と孝志は思った。

「おりこうさんですね」

「猫は人間の言葉をほとんど理解してるっていうからなあ。従うかどうかは別としてだが……」

「猫ってそういうイメージがありますね」

「だけど、自分より大きい、種族の違う生きものに、ああしろこうしろと命令されても、そう簡単に従う気になれないのはわかるな」

進次郎は、微笑みながら言った。灰色猫が気持ちよさそうにしている、それが進次郎にも伝わっているかのような表情だ。

「それもそうですね」

確かにそのとおりだ、と孝志は考え直す。もし人間が猫のように飼われる愛玩動物だったとして、飼い主である巨大な存在に命令されたとき、粛々と従うだろうか。個体差で反応も違うだろう。命令の調子にもよるかもしれない。言うことをきかなければ命が危ないとなれば、きくかもしれない。進次郎が楽しげに灰色猫を撫でるのを眺めながら、孝志はそんなことを考えた。

「……いつまで撫でている」

孝志は自分の心の声が漏れ出たかと思った。ぎょっとして振り向くと、進次郎の斜め後ろから覗き込むようにして、人間の姿に転じたみかげが立っていた。

「おっ、ミケ。ミケも撫でたいのか？」

「間に合っている」

ふん、とみかげは鼻を鳴らしつつ、灰色猫に目をやった。その美しい顔に、やや呆れたような表情が浮かぶ。

「やれやれ。あの神も、情け深いといえば聞こえはいいが、なかなかのおせっかいだ。まあ、長く現世に留まり、わずかなりとも人間をたすけるだけのことはある」

「奇特だな、人間をたすけるなんて」

「そういえば、一回ぶんくらいたまってませんか？」

孝志はレジのほうを見た。レジ台の抽斗には、客の落とした鬱屈の結晶をためた菓子箱が入っている。

「ひくついでに、この猫さんのこと、詳しくきいてみませんか」

「おっ、いいな、それ」

進次郎は灰色猫を撫でるのをやめて、そっと体に手をやった。「一緒に行こうな」やさしく声をかけつつ、驚かさないようにゆっくりと抱き上げている。灰色猫はきょとんとした。みかげが、目を細めてそれを見る。進次郎はそのまなざしに気づかないのか、さっさとレジ台に向かったが、猫を抱えているからか振り向いた。

「孝志くん、すまないが、箱ごと持ってきてくれ」

「はあい」

「……まったく」

兄が奥へと引っ込んでいくのを見て、みかげがちいさく舌打ちしたのを、孝志は聞き逃さなかった。

灰色猫を足もとに置いた進次郎は、孝志から受け取った小箱から一回ぶんの結晶十個を取り出して、祠の中に入れた。

パッ、と祠が一瞬光る。センサーライトの下で、灰色猫の目の瞳孔がくわっと大きくなるのが見えた。そうすると猫はたいへん可愛くなるのだが、警戒の表れなので、気をつけなければならない。

進次郎が祠に手を入れて、中に置かれたものを取り出した。

「あっ」

なぜかみかげが声をあげる。「それ……それが、なぜ」

「……これ、……知ってるぞ」

進次郎は手にした赤い輪をまじまじと見てから、みかげを見た。

ふたりは顔を見合わせている。みかげは眉を下げて、微妙に泣きそうにも見えた。

「俺が、おまえにつくってやった首輪だよな……？」

「……そうだ」

みかげは進次郎の視線から逃れるようにうなだれた。「おまえが、俺を遠ざけるようになる前だ。まだ、とても小さかったのに、おまえは、……迷い込んできた猫が雅美に追い出されるのを見て、……俺がどこかへ迷い込んでもわかるようにと……」

赤い輪には、穴をあけた長方形の木切れが通されている。細い毛糸で編まれているが、そこだけただ毛糸を通しただけのようだ。これを子どものころの進次郎がつくったのだとしたら、器用すぎる。

「……心配だったからな」

　進次郎は手にした首輪に視線を戻す。「あのころは、……おまえがいなくなることが怖かった。……おまえ、最初はつけてくれてたよな」

「ああ。……しばらくして、名札がどこかに引っかかったときに、細いところがいたんでいて、ちぎれてしまったんだ」

「ちぎれたなら……おまえの首が引っかかって絞まったりしなくてよかった」

　進次郎は、ふう、と溜息をついた。「なあ、ミケ。おまえの首のとこって、昔から白かったのか？」

「前はここは……」と、みかげはうつむき加減のまま、自分の首のあたりに手をやった。「白いというより灰色だったな……もっと前の、ただの猫だったころは、黒かった」

「もしかして、この名札でこすれて色が抜けたのか？」

「さあ……そうかもしれんが、わからん」

　進次郎は手のひらを、センサーライトの灯りによく当たるようにした。名札に、ごくちいさく何かが書かれていたのが見えた。文字は消えかかっていたが、数字のようだ。

「店の電話番号だよ。今はもうないけど」

　覗き込んだ孝志に、進次郎が告げる。「迷子になっても連絡してくれるようにと思って書いたんだ」

「お兄さんが、ですか」

「うん、……」

進次郎は深く息をついた。「あの猫、どうなっただろうな」

「あれは、……捨てられた猫だった」

みかげが重々しく口をひらく。「どこかの家で飼われていたのに、転居の際に置いていかれたと聞いたな」

「夜逃げ」

祠から声がした。「だった、らしいぞ」

朔だ。進次郎は祠を見た。

「そうなんですね。――母さんに追い出されたあと、どうしたんだろう」

「どこかへ行ってしまった。その先は知らん。誰かに拾われたかもしれんし、餓えて野垂れ死んだかもしれん」

朔は淡々と告げた。「しかし、進次郎。あのころのおまえは幼くて、よその猫をたすける力などなかったじゃろ。自分の猫が同じようにならぬか気がかりで、何かあっても戻ってこられるように、名札のついた首輪をこしらえてつけるだけで精一杯だった。……そうじゃな?」

「……そうです」

進次郎は、溜息をついた。「神さまのおっしゃる通りに」

「だが今のおまえは、あのときとは違う。……迷い込んだ弱った猫を養生させてやることもできるだろう」

「それは、まあ」

進次郎はふと、足もとの灰色猫を見た。灰色猫の瞳孔は通常に戻っていて、不思議そうに進次郎を見上げている。祠から声が聞こえても、灰色猫は特に気に留めていないようだった。

「俺より年上の、裁量を持つ人間がみんないなくなりましたからね……」

「ならば、その者に慈悲をくれてやれ、進次郎。見返りは決してないが、その者はおまえより弱い。なんの力もない、木っ端《こっぱ》にも等しい身。――おまえがその気になれば、ひとひねりで命を奪える」

神の声は、妙に低く、陰鬱に響いた。「それでも、慈悲をくれてやれ」

「……ひとひねりって」

進次郎は顔をしかめた。代わりにアタリをだしてくれ、とも言わない。神の物言いに、真剣な響きを感じ取ったからだろう。

孝志は、夢の中で灰色猫がやってきたときのことをまだ思い出せていた。灰色猫は、……ほんとうの姿は、猫ではない。孝志は確信している。進次郎は、知っているのだろうか。

ほんとうの姿を隠すのは、それが受け容れがたいからだろう。気づいたとき、進次郎はどんな反応を見せるだろう。考えて、孝志は内心でそわそわした。

進次郎を、信じている。だが、期待してはいけない。彼がもし灰色猫の本性を知ったとき、激しく嫌悪を示しても、裏切られたと思うべきではない。

「そんなこと、する必要なんてないですよ。なんで弱ってる猫をいじめないといけないんですか」

進次郎の、やや険しい声が、孝志のささくれそうな心を撫でていく。

過剰な期待を寄せてはいけない。だが、……それでも、孝志は、その言葉に、安心した。

そんなふうに言う兄がもし灰色猫の本性を拒絶しても、しかたがないと思えたのだ。おそらく、拒んで遠ざけることはあっても、激しく罵ったり、石をぶつけるようにして追い払ったりはしないような気がした。——また、そんな期待が自分の思い込みでも、諦めがつくと思えた。

「進次郎。おまえの心根に、儂は感謝する。……世には、自分より弱いとわかった相手を痛めつける者のほうが多い。それはヒトに限らない」

「神さまに感謝されるとは、畏れ多いですね」

進次郎は祠に向き直ると、肩をすくめてみせた。「だけど神さま、こいつを、ここで飼えとは言わないんですか？」

「望んではおらんようじゃからのう……」

神の気配が、祠の中からすうっと消えたのを、孝志は察した。


翌朝、孝志はいつものように起きた。食事の前に店に入っていくと、灰色猫は猫ベッドに入っていた。周囲に立てたペット用サークルを閉じて、戸棚に入れる。

「おはようございます」

声をかけるより先に、灰色猫はゆっくりと目をあけた。そばに置いておいた水の器は空になっている。孝志はカウンター内に入って、冷蔵庫から飲料水を出し、洗っておいた水差しに入れた。

水差しから器に水を注ぐ。水の音がすると、誘われたように灰色猫は猫ベッドから出てきた。カウンターに水差しを置いて、孝志は抽斗からウエットフードを取り出す。餌の皿にきれいにあけると、水を飲んだあとで灰色猫が食事をはじめた。

「たくさん食べて、早くよくなってくださいね」

孝志はそう言ってから、ハッとした。「いや、えっと……早く出ていってほしいからではないですよ、念のため」

思わず言いわけしてしまう。自分の言葉が微妙に考えなしだったと気づいてしまった。

灰色猫はふと動きをとめて、孝志を見上げた。にゃ、とかすかな声を出す。わかっている、と言いたげに見えた。

正直なところ、猫店員としてやってくる猫たちも、できれば店の中でずっと飼ったほうがいいのではないだろうかと、ときどき孝志は考える。そうすれば正規の猫カフェとして表立って営業もできるだろう。資格が要るにしろ、そのほうがいいような気も、たまにはする。だが、……現実味がないものの、この状態をつづけても、問題はない気もしなくはない。

何故そんなことを考えてしまうのか。孝志は餌をたべる灰色猫の脇にしゃがんで、ぼんやりした。

今の状態は、孝志にとってとても楽しいし、いつまでもつづいてほしい生活だ。年を重ねて孝志が高校を卒業して大人になっても、このままでいたいと思う。……この安寧を知らないよそのやからが口出しをしてくる隙をできるだけつぶしたいのだ。孝志はそんな自分の気持ちに気づいた。

楽園を、守りたい。ふと、そんな思いが浮かんだが、それは自分の勝手な考えだともわかる。もともと、猫店員がやってくるのは、進次郎が猫にならずとも済むようにするためだ。

進次郎が猫にならなくなったら、みかげ庵は猫店員を招かなくなるのだろうか。少なくとも、必要はなくなる。

「……結局、僕は自分のことばかり考えているんだなあ……」

孝志はふと、ひとりごちた。

たとえそうだとしても、進次郎は孝志を責めたりはしないだろう。孝志が勝手に恥ずかしい気持ちになっているだけだ。自分の心の動きを推しはかると、溜息が漏れてしまう。

おたがいの、都合だ。進次郎も孝志も、最初はその認識だった。孝志としては、自分を弟だと認め、都合でも一緒に暮らすことを許可してくれた時点で、進次郎がいくら自分の都合だと言っても、親切だ、と思わずにはいられなかった。

孝志は立ち上がった。窓の外は曇りがちだった。天気がよくないようだ。自転車通学なのでふだんは前夜から天気を気にするが、登校の必要がなくなっていたので、すっかり忘れていた。雨が降るのだろうか。

天気がよくないと、来る猫たちが汚れるから、しっかりぬぐわなければならない。猫たちは内心でいやがっているかもしれないが、孝志は猫ぬぐいがきらいではなかった。もふもふの猫店員と触れ合うのは、心地よさがまさるのだ。ただ、猫店員たちは気持ちよく感じているとは思えないので、孝志はなんとなくぼんやりと、人間の都合に合わせさせて申しわけないなあ、と考えることがある。

餌をきれいに平らげた灰色猫が、もっそりと猫ベッドに戻っていく。どうやらしばらくは猫ベッドで養生すると決めたようだ。いつまでいるのだろうかと考えた。

灰色猫がいることが日常に組み込まれ、あたりまえのようになってから去られたら、進次郎が淋しいのではないかと予想したのだ。しかしずっといてくれと頼むのもおかしな話だ。

孝志はもやもやと埒《らち》もないことを考えながら窓ぎわに寄り、日よけと塀の隙間から曇り空を見上げた。五分ほどそうしていたが、空腹を感じたので店をあとにして奥に戻った。

翌日は金曜で、昼まで雨だった。

みかげ庵の定休日は日曜だ。土曜も臨時休業をすることがある。土日は客が来ないからだ。夜間営業だと、月曜の前夜には客など来ない。土曜の夜は街まで出かけるのでやはり地元の店には寄らない。進次郎は猫店員に日曜休みだとは告げてはいるらしい。猫にも曜日の感覚があるとは驚きではある。また、土曜に猫店員が訪れても、世話をすることはするが、店をあけない場合もある。なので土曜に訪れる猫は少なかったが、休業の土曜に来たら、店内には入れず前庭で水と餌だけは与えて解放していた。

雨だと、猫は基本的に眠い、と進次郎は言う。孝志は昼のうちに店をあけるのはやめて、看板は出さずにおいた。

夕方までに開店準備は済ませて、猫店員をぬぐう準備と覚悟をする。雨上がりのあとの猫たちは、いつもより汚れているのだ。

灰色猫は、朝のうちに孝志が与えた水と餌を口にした。そのあとに用を足して猫ベッドに戻って、じっとしている。弱った動物が回復しようと努めているのがありありとわかった。

夕方で暗いのか曇っているせいかわからない薄暗さの中、孝志は、ぽつぽつとやってくる猫店員を窓ぎわの床でぬぐった。ぬぐったものから中に入れていると、エプロンをつけた進次郎が現れた。

ふたりで猫をぬぐいながら、猫店員たちに話しかけたり、もうすぐ桜が咲く、という話をしたりした。ホワイトデーで配ったクッキーの残りをどうするか、まだあげていない常連が来たらあげよう、などと話した。

あっという間に外がとっぷりと暮れる。前庭の灯りがついた。裏庭と違って、点灯は明暗センサー式だが、深夜の決まった時刻を過ぎると消えるようになっている。

進次郎はカウンターに入り、孝志は横に立って、客の訪れを待った。


ぽつぽつと客が訪れたが、長居はされなかったので、早めに店じまいとなった。しかし結晶は二回ぶんほどたまった。雨で裏庭が濡れているので、祠に入れるのは後日にしようと進次郎は言った。

猫店員が店内から去るのと入れ替わりのように灰色猫が出てきた。するりするりと動いて、水を飲み、猫店員たちの残した餌をたべて、用を済ませる。すぐに猫ベッドに入ったが、掃除をしたりかたづけをしたりする孝志と進次郎を興味深げな目で見ていた。

「あの猫さん、おりこうですね」

モップをしまって戻ってきた進次郎に、孝志は言った。掃除のあと、兄と少し話すのが習慣になっていた。

「うん……名前をつけてやったほうがいいんだろうか」

進次郎はうなずいてから、ちらっとボックス席を振り返った。そこにはみかげが横になっているのを、孝志も知っている。

「飼うんですか？」

「あっ、いやかな、もしかして」

進次郎がはっとして孝志を見る。

「いえ、僕は別に……」

孝志はそう言いながら、さきほどまで進次郎が見ていたボックス席に目をやった。

「俺はべつに、いいと思う。……ただ、夢のお告げで」

進次郎は言いにくそうな顔をした。「神さまは、疲れている者が来るから休ませてやってほしい、と言ったんだ。……たぶん、そんなようなことを言ったんだと思う。よく憶えていないんだが」

「……なるほど」

疲れがとれたら、去る。そんな微妙な意味合いが感じ取れる言い回しだ。

「だから、この子をどうこうとか、俺たちが考えることではない……かもしれない」

「そうですね。そうかもしれません」

そして、正確に兄が神にどう言われたかまではっきりとわかっていない以上、孝志は自分の懸念を口にする気にはなれなかった。

＊

眠りに落ちると、あの場所に来ていた。大木の切り株の前に、灰色の耳が頭についた男がひとり、座っている。孝志が歩み寄っていくと、男はすぐに顔を上げた。

「こんばんは」

『……世話になっている』

声をかけると、彼は戸惑いがちに口をひらいた。そんな声なんだな、と孝志は思った。隣に腰掛けると、男はうつむいた。

『長居をして、すまない。あすには出ていく。新月だから、ちょうどいい』

「えっ……べつに、ずっといてくれていいみたいですよ。少なくとも、僕の兄は」

『……そう言ってもらうのはありがたいが、俺は、……捜している相手が、いて』

意外だった。孝志はやや目を瞠って彼を見た。

この青年は、灰色猫だろう。髪は白っぽい灰色で、肌は褐色、目は淡い青だ。

「そうなんですか……」

それでは無理に引き留められないだろう。だが、孝志は妙な胸騒ぎを感じた。

「あの……差し支えなければ、捜している相手のことを、教えてください。僕にも何か、手伝えるかもしれないし……」

孝志がつづけると、彼はびっくりしたように顔を上げて、孝志をまじまじと見た。

『君は、……俺の世話をするのは守り神の頼みだからわかるが、そんなことを軽々しく言うべきではないのでは』

「軽々しかったですか？」

孝志はううむと唸った。「じゃあ、重々しく言う、とか……？」

『そういう意味ではない』

青年はやや眉を寄せた。孝志は真面目に言ったつもりだったが、彼は冗談でからかわれたと感じたようだ。

「ええと、すみません。確かに、何かお手伝いができるかどうかは、わからないです。だけど、……その、一宿一飯というか、そうそう、」

そこで孝志は、ぽん、と手を合わせた。「寝るところと食事を提供した対価で、お話を聞かせてもらえませんか」

孝志の言葉に、彼は、うっ、という顔になった。

『そう、……そのとおりだ。確かに、ここにいて、かなり養生できた。それは感謝しているし、対価はもちろん、差し出すべきだろう……だが、俺はもう、この身と命しか持っていない』

「体とか命をもらっても、困るというか……」

いつぞやのみかげと同じ言い回しだ。そこで孝志はややためらった。だが、疑念をはっきりさせておきたい気持ちが強まる。

「その、あなたが言いたくないならいいんです。誰を捜してるかとか、……だけど、対価で、何か教えてください。僕の知りたいこと。……あなたは、本当は猫ではないですよね」

孝志の問いに、彼はおもむろに目を閉じた。

しばらくして、瞼《まぶた》が上がる。

『そうだ。俺は、猫ではない』

「その、……」

孝志はあたりをきょろきょろと見まわした。誰もいない、暗闇。しかし、どこか遠くで灯りがついているのはわかる。この場を照らす、花びらのような灯りがあるのだろう。

「なんで、猫の姿なんですか?」

『それは、俺にもわからん』

あっさりと、彼は答えた。『この土地に踏み込んだら、そうなった。あのとき、君もいたな。土地神と一緒に』

「はい。……つまり、この土地の外では、本来の姿なんですね」

孝志が言うと、男は目を伏せた。

彼の本来の姿がどんなものか、多少なりとも気にはなったが、明らかにしたくないのも悟れた。

「おそらくだが、ここに踏み込む化生《けしょう》……人間があやかしと呼ぶもののたぐいは、土地神の意によって猫に転じる場合があるようだ。すべてが、ではないようだが……」

孝志は、腕組みをした。しばらく考える。

「……やっぱり、そうですよね」

生きている猫ではない猫店員がいるのはなんとなく察してはいた。いろいろな考えが頭をよぎったが、孝志はちょっとだけ笑った。

「朔さまは猫が好きなんでしょうね」

『……朔さま、と呼んでいるのか、あのかたを』

灰色の青年はまぶしそうに孝志を見た。

「その、……なんて呼んだらいいですかと訊いたら、そう名乗ったんです。新月だったし。本当は、ちがうんですか？　というか、前からのお知り合いなんですか？」

孝志が問うと、彼は戸惑いの表情を浮かべる。

『……君は、どこまで我々のことがわかるんだ？』

「あやかしのことですか？　その、……僕の両親は、術者だったので、話はきいていました。でも、僕自身は術者ではないので、詳しいとは言えません。ただ、兄よりは、知っていると思います」

『あやかし、……神もあやかしではあるが、……各地に祀《まつ》られる神が、同じ名でも、各地によって記憶や性格がやや異なるのは、わかるか？』

「神さまは、もともとおられる場所から、勧請《かんじょう》するとは聞いています」

『それと同じで、俺はあのかたの大本と縁がある……まつろわぬものが、もとになっているから』

彼は思い煩うように視線をさまよわせた。

まつろわぬもの。

孝志はその言葉の意味を知っていた。

「ほんとうの姿は、土蜘蛛……？　ですか……？」

思わず口にすると、彼は孝志の視線を遮ろうとするかのように腕を上げ、顔を隠す。

『すまない……』

彼はまるで、自身を恥じているように見えた。

「いえ、あの、その、ええっと、……」

気にしないでください、と言おうとしてやめる。そんなことを孝志が言うのもおかしな話だ。

しかし、彼は自身の本性が人間に厭われるとわかっていたから、謝ったのだ。

孝志だって、あやかしの種類にさほど詳しいわけでもない。なのに土蜘蛛を知っていたのは、巫蠱《ふこ》に使われることがよくあると聞かされていたからだ。——同族で喰い合わせ、殺し合わせる。最後に生き残ったものが最強だ。

両親は、巫蠱で作り上げられた式神のたぐいを気の毒に思っているようだった。呪詛に使われることも多いとも聞いた。呪詛返しをしていた両親は、巫蠱の式神を始末することもあったのではないか。孝志は目の前の青年に対して、なんとも言いがたい感情を抱く。

「その、僕も兄も、術者ではないし、ほんとうだったらあやかしに関わる力なんて、ないんです。たぶん……」

ここで孝志は、適当なことを言うと決めた。「裏のあの神さま……朔さまの影響であやかしが見えるようになったんじゃないかなと思うんです」

嘘ではない。その可能性がないとは言えないだろう。

「だから兄も僕もあなたを忌んだりすることはないです。謝る必要はないです」

孝志が言うと、青年はゆっくりと腕をおろした。

『……そう言ってもらえると、助かる』

彼は、うつむいた。『俺は、……君の言うとおり、土蜘蛛だ。巫蠱で、生き延びた。浅ましくて、すまない』

孝志はちょっと困った。

だが、何か起きれば、朔がなんとかしてくれるのではないか。そう考えたときだ。

「孝志くん？」

聞き慣れた声に呼ばれ、孝志は驚きの余り腰を浮かせた。

暗闇の中から、進次郎が現れた。その後ろから、みかげが現れる。

「ここはどこだ？　これは夢か？　ミケもいる……そちらのひとは？」

進次郎はどこか楽しげにあたりをきょろきょろと見まわし、最後に灰色の耳のある青年を見た。

「猫耳……」

「急にぐいっと引き込まれた」

孝志が立ち上がると、人間の姿をしたみかげが、進次郎の陰から出てくる。「孝志、おまえが呼んだのか？」

「ええっと……とにかく、座ってください。僕、このひとの話を聞いてたんです。このひとは、あの灰色の猫さんです」

進次郎はぽかんとした。

「ということは、ミケと同じ……？」

みかげはじろじろと青年を見ている。青年は居心地悪そうにうつむいた。しかしみかげはひととおり青年を眺めると、飽きたのか、そっと切り株のテーブルにもたれかかるようにして少し尻を載せ、特に何も言わなかった。

『猫ではない。俺は、巫蠱の土蜘蛛で……ここに来たら、猫になったんだ』

青年は端的に説明した。

進次郎は、青年の言葉の意味をわかっているのかいないのか、そうか、とうなずいて、孝志の隣に腰をおろす。孝志も座った。テーブルが丸いから、青年からは孝志も進次郎も見えている。

「このひとは、さがしているひとがいるそうです」

進次郎と青年のあいだで、孝志は説明した。

『弓束《ゆづか》だ。まだ名乗っていなかった。あなたたちの名前は、知っている』

彼は丁寧に告げた。『進次郎さん、孝志さん、みかげさん。守護神の頼みとはいえ、俺のような得体の知れないものを、養生させてくれて、本当にありがとう。もうずいぶんよくなったし、あしたは新月で、あやかしの力が強くなるから、出立《しゅったつ》しようと思う。こうしてきちんと言えてよかった』

　早口で述べる弓束に、進次郎は眉を上げた。

「出立て。もう、いなくなるのか。行くあてはあるのか？」

『あてはないが、……その、……俺は巫蠱の土蜘蛛で……』

　繰り返した弓束は口ごもった。『同じようにつくられた同胞が、何体かいる。だいたい、毒を持っていたり、誰かを害したりするためにつくられているんだ……それで、人間で言う、弟のようなものが、この近くにいるらしいとわかったので、会いに来たんだが、もう、いなくなっていた』

　いなくなっていた、とは、どういうことなのだろう。しかし孝志はそのことを掘り下げて尋ねなかった。あまりいい話ではない気がしたからだ。

『隣町の土地神が言うには、宿主と一緒に去ったとのことで、……その、俺も、俺の宿主を捜している。恥ずかしい話だが、……俺は、宿主に捨てられたんだ』

　彼はそうつづけると、溜息をついて、口を閉ざした。

「宿主……」

「この者が巫蠱の土蜘蛛というなら、契約専用の式神だな。式神にとって宿主とは、使う術使いのことだ」

　首を捻っている進次郎に、みかげがやや呆れ気味に説明した。えっ、と進次郎は振り返ってみかげを見上げる。

「大家とかそういう意味じゃなかったのか！」

以前も、進次郎はみかげの宿主だと言われている。おそらくそのとき進次郎は、みかげを住まわせているという意味にとったのだろう。宿の主人というわけだ。そうではなく、あやかしが宿る相手を指して宿主というのである。

「おまえが勘違いしていることはわかっていたが、訂正する機会が今までなかった。訂正できてよかった」

みかげは、ふん、と鼻を鳴らして、鋭い目を弓束に向けた。「すまんな、話の腰を折って。つづけてくれ」

『あ、ああ……』と、戸惑い気味に弓束はうなずいた。『といっても、言ったとおりだ。俺は、……俺を捨てた宿主を捜している。もうずっと……百年以上、経ってしまったが……』

進次郎は何か言いたげに孝志を見た。孝志も進次郎を見た。

「百年だと」と、みかげが肩をすくめた。「諦めたらどうだ。ふつうの人間は死んでいるぞ」

弓束は顔を上げると、ゆっくりと首を振った。

『死んではいない。……わかるだろう、みかげさん。宿主が死ねば、契約をした式神は解放される……俺の主は、まだどこかにいる』

確信しきった弓束の言葉に、みかげは、なるほど、と呟いた。

「でも、……その、捨てていった相手をさがして、どうするんだ……？」

進次郎が問うと、弓束は目を伏せた。だが、答える気はあるようだ。口がひらかれる。

『捨てられた、といっても、俺がそう感じただけで、本当はそうではないかもしれないし……もしそうだったら、恨み言を言いたいかもしれない……』

弓束が苦笑したように見えた。

「捨てられたかそうでないか、確かめたいのか？」

みかげが、問う。

『……いや、捨てられたんだと思う。それでも俺は、……あれが宿主だと身に刻まれているので、どうしても会いたいんだ。死んでいるとわかれば、諦めはついただろうに、……いや、死んでいても、諦められなかったかもしれないが』

弓束は顔を上げた。穏やかな笑みが浮かんでいる。『あなたたちのように、自然に生まれてきたならば、こんな感覚にはならないのだろうか。自然な命だったら、捨てられたとわかったら、諦めがついたかもしれない』

「どうだろうな。捨てられたとはっきりわかっても、諦めがつくものでもないと思うけど……」

進次郎がうつむいて、低く呟いた。「俺も、捨てられたようなもんだが、……未だに恨んでるのかもしれないな」

孝志は首のあたりがひやっとしたのを感じた。兄が父を恨んでいるとは、今まで考えたこともなかった。

「お兄さん……」

孝志が思わず呟くと、進次郎はハッとしたように顔を上げた。

「ち、ちがう。俺が言ってるのは、……その、母さんだよ」

孝志があまりにも心配そうな顔をしたのだろう。進次郎は慌てた。「一緒に暮らす母親なのに、子どもより自分のことばかり言っていたような、……高校のとき、少し仲良くなった友だちと話しててな、……何かの話の拍子に、小野は誰にも守ってもらったことがないみたいに誰も信じてないんだな、と言われたことがある。そのときは何を言われているかさっぱりわからなかったが、あとで、腑に落ちたよ。母親との関係が、俺の根っこに影響してる」

しどろもどろになりながら、進次郎はそこまで言う。孝志はそっとうなずいた。

「でも、お兄さんは、お母さんを好きですよね」

「きらいだよ」

進次郎は即座に、はっきりと言い切った。

孝志は黙った。進次郎は、母を好きな気持ちが自分の中にあるのを認められないのかもしれない。本当に心底から憎み、嫌っているのかもしれない。それは、孝志には窺い知れぬ心の動きだ。

「ごめんなさい、余計なことを言いました」

孝志が謝ると、進次郎はちょっと笑った。

「好きではないけど、好きだったらいいなと思ったり、好きでなくてよかったとは思ったりするよ。正直なところ、……死んだときは、もう思い悩まされずに済むと思ったんだが……そうでもないな。死んでも、折に触れて思い悩まされている」

それより、と進次郎は視線を弓束に向けた。孝志が弓束を見ると、彼は困ったような表情で兄弟を見ていた。

『その、……あなたたちには世話になった。だが、あすにはお暇《いとま》する。そのことだけは伝えたかった。宿儺が意を汲んでくれたので、……挨拶ができてよかった。ありがとう』

「宿儺とは？」

進次郎が尋ねる。弓束が口をひらこうとした瞬間、花びらの電灯がふっと消えて、孝志は意識がさめていくのを感じた。

ずるいなあ、と孝志は思った。

目がさめて、朝なのがわかる。

夢の内容はだいたい憶えていた。起き上がっても、スルッと頭の中から抜け落ちたり、頭の奥にしまい込まれたりする感覚はない。

いつもの朝のように身支度を済ませて階下におりる。顔を洗う前に店を覗いた。念のため、近づいたが、猫ベッドに灰色猫はいなかった。

「……弓束さん」

そっと、名を呼んだ。だがもちろん、答えはない。なんの気配も感じ取れない。猫が近くにいれば、なんとなくわかるようになっていた。だが、猫の気配もない。

弓束は捨てられたと言った。そうでなければいいと孝志は思う。

百年以上捜している相手と再会して、そうでないことがわかるといい。

孝志はそう考えながら、奥へ戻った。

土曜だが店をあけた。

閉店後、かたづけをすべて終えてから、孝志と進次郎は結晶の入った箱を持って裏庭に出る。きのうまでは二十個に満たなかった結晶は、きょうで三十個になっていた。みかげも猫の姿でひょいひょいとついてくるが、庭の土が湿っているからか、進次郎と孝志が祠に歩み寄っても、戸口を出た石段のところでじっと座っていた。

「アタリを出してください」

進次郎は祠に結晶を入れて戸を閉じ、合掌した。合掌をした瞬間に祠が光り、すぐにやんだ。

祠の戸をあけると、ハガキ大の紙が入っている。進次郎はそれを取り上げてぐぬぬと唸った。三枚の紙にはすべて「ハズレ」としか書かれていなかった。

「ひさしぶりの正統派ハズレですね」

孝志が感想を口にすると、祠の奥から愉快そうな笑い声がした。

「本当は、おまえたちには今回、世話になったからな、色をつけてやりたかったんだが……」

「朔さまも土蜘蛛なんですか？」

疑問だったので、孝志は尋ねた。

祠の奥から溜息が聞こえた。

「やれやれ、孝志。おまえらしい物言いじゃのう」

「すみません、気になったので。同属って、最初に言ってましたよね。だけど、弓束さんは巫蠱の土蜘蛛……」

巫蠱は、もとが生きものとはいえ、人工的にあやかしをつくりあげる術法だ。孝志は両親にそう聞かされている。閉じ込めて殺し合わせ喰い合わせれば、人間の巫蠱も可能だろう。

「儂は、これでも一応、神でな。巫蠱とは関わりない。その方法が生み出される前からこの世におるよ」

巫蠱がいつからあるのか孝志は知るはずもない。なので黙っていると、朔はつづけた。

「この国では、国のために命を落としたものが神とされることがあるのは、知っているじゃろう。……儂の大本は、そのようにして神に格上げされた」

朔の声が、懐かしげな色を帯びたように、孝志には感じられた。「儂は、その分神でな。進次郎はわからずとも、孝志、おまえにもそれくらいはわかるのだろう」

「といっても、僕の知識も乏しいですよ」

孝志は当たり障りなく、兄にもわかるように説明してもらいたくて否定した。

「……遠い昔に、朝廷が支配のために、この地を束ねていたものを討伐した。最後まで抵抗したあげくに討たれたものたちは、平定後に、あれは人間ではなかった、と言い伝えられることとなった。……よくあることじゃろ？」

進次郎は、浮かない顔になった。朔が何を言っているか、正確に理解しているように見える。一方、孝志はぽかんとするばかり。いきなり話が飛んだようにしか思えなかった。

「その際、あれは蜘蛛だった、と言い伝えたのが残ってな。このあたりで最後まで朝廷に刃向かったのは、両面宿儺《りょうめんすくな》と呼ばれる異形だったとされている。……儂はその、ごくごくちいさな一部分にすぎない」

「知ってますよ、両面宿儺」と、進次郎が怪訝そうな顔をした。「だけど、ここよりもっと山奥のほうで祀られてませんでしたっけ」

「だから言っとるじゃろ、儂はその一部分だと。ヒトでいえば、切り落とした爪のようなものじゃ」

「はあ……」

進次郎は釈然としないようだ。といって、朔の言葉を信じないというわけでもないのだろう。それ以上は問い詰めなかった。

「お兄さん、その、両面宿儺を知ってるんですか」

孝志は心底びっくりしていたので、おそるおそる問う。進次郎は、うん、とうなずいた。

「じいさんが、話してくれた。……昔話だと、……だがいま思えば、言い伝えにかなり脚色していた気がする。双子の兄弟がそう呼ばれたとか、なんとか」

「そのへんは、幸次郎《こうじろう》の法螺《ほら》話じゃろうな」

ははっ、と朔は笑った。「それはともかく、……あのものに、弓束に、手厚くしてくれたことは、感謝するぞ、進次郎、孝志」

「手厚いといっても、たいしたことはしてないですよ。まだ弱ってたから、いてもよかったのに。……感謝はいいんで、アタリを出してくれませんか？」

進次郎は、微妙に苛立っているように見えた。だが、それはアタリが出ないことに対してではないようだ。

「それより、進次郎。おまえの気持ちもわかるが、恨みはほどほどにしておくといい。恨みすぎるとしあわせになりそこなう。おまえはしあわせになったほうがいい。忘れることはなかなかむつかしかろうが」

朔の言葉に、進次郎は押し黙った。微妙な苛立ちが怒気に変じたのを察して、孝志はハラハラする。

兄は孝志に対してやさしく振る舞うが、だからといって徹頭徹尾、ひとあたりがよいわけではない。ときどき口が悪かったりもするし、心のどこかが拗《ねじ》けていると感じるときもある。ただ、弟だと思ってくれているからか、孝志をかなり丁重に扱ってくれているふしがあった。だから、進次郎の闇について、孝志は何も思い煩わなかった。

「勝手なことを言うんですね、神さまってやつは」

「進次郎」と、朔がなだめるように穏やかな声で呼んだ。「おまえもほんとうは、恨むのに飽きているのではないか。前にも儂は問うたな。ひとりでいることに飽きたから、孝志を弟として住まわせたのではないかと。……といっても、儂は雅美を許せと言う気はさらさらないぞ」

顔をしかめかけていた進次郎が、は、という表情になった。

「恨むなって言うのに？」

「恨むなとは言っとらんぞ。ほどほどに、と言ったのだ。儂は神でも土地神。ひとの心を変えさせるような力など持っとらん。恨みたければ恨むがよかろう。おまえは、そうしてもしかたのない目には遭ったのではないか。だが、……過去の恨みに気をとられていると、いま現在の目の前にあるものが見えなくなるのではないかと、儂は思う。——が、これは儂の考えなので、おまえは好きにするがいい」

にゃー、と背後から鳴き声がした。みかげだ。神の長広舌《ちょうこうぜつ》に呆れているように聞こえた。

「そういうのって、止めるんじゃないんですか？」

思わず孝志は疑問を口にした。「神さまって……人間がよくないほうにいかないように諭したり、叱ったり、しないんですか？」

「よくないほう？　進次郎が？」

朔の声に、呆れたような色が混じる。「いつ、よくないほうへ向かった？」

「だって……恨むって、よくないのでは……」

孝志は口ごもった。

「なぜそう思う？」

朔に問われて、答えられない。

恨むのは、よくないことだ。何故かそう思っていた。

「母に捨てられたと思えば、母を恨まぬほうがおかしいのではないか？　宿主に放棄されたなら、放棄する理由があっても、納得できなければ傷つく。……その意味が、孝志、おまえにはわかるか？」

「……」

孝志は、答えられない。わからないわけではなかった。進次郎の前で、捨てた母を恨むのは、期待通りに愛してくれなかったからだとは言えなかっただけだ。

「神さま。恨んで、いいんですか」

進次郎が、かすれた声で問う。

「さっきも言っただろう。ほどほどにな、と。そのほどほどがどれほどかまで、儂に訊かず、自分で決めるがよかろう。おまえの人生だ」

朔はやさしく、諭すように告げた。「儂は見ているだけなんじゃよ、進次郎。儂におまえを救うことはできない。……おまえが救われたいと思わなければ、誰にも救えないんじゃ。……それは、おまえにもわかっているだろう？」

「僕が」

兄が口を閉ざしたのがひどくつらくて、孝志は思わず、進次郎の前に出た。祠と対《たい》峙《じ》する。

「僕……僕に、救えないですか？」

「孝志。……それは、進次郎が決めることだ」

朔の声に、孝志は切り裂かれるような痛みを味わった。

四 しあわせの猫

桜が咲いた。

去年より十日も早い、と進次郎は教えてくれた。

「花見に行きたいけど、いつ行けるかな」

灰色猫が去った翌週の半ば、猫ぬぐいを終え、完璧な開店状態に至った店内を見まわしてから、進次郎は言った。

「このあたりだと、どこかへ見に行くとか、ありますか？」

「どこかへ……特にはなくて、ドライブに出れば、行った先で見られるよ。俺は夜しか行けないけど。孝志くんは、花見といったらどこかへ行く感じだった？」

そう問われると、孝志も首を捻る。

「お母さんの仕事のひとたちがやった花見に、何度か参加させてもらったことがあります。どこかの公園とか、神社で、シートを敷いて、みんなで持ち寄ったものを食べました。ひとがたくさんいて、花見というと僕はそういうイメージです」

孝志は思い出しつつ、答えた。といっても孝志は小学生だった。中学に上がってからはそんな花見をしたことがない。

「そういうのをやるなら、月末かな……次の満月も、三十一日だったはず」

進次郎と孝志は、同時に、カウンター内の冷蔵庫に貼ったカレンダーを見た。

十二か月が一覧できるもので、進次郎がインターネットで調べた満月の日に○がついている。

といっても満月になる日は、調べるウェブサイトによって微妙にずれていたので、去年の何日が猫にならずに済んだかを調べて、進次郎の周期に該当するウェブサイトの情報を反映している。

孝志が来るまで、進次郎は、そろそろ満月かな、くらいの感覚だったらしい。このカレンダーを貼ったとき、生活に自分以外の人間がいると、自分の状態を正確に把握しないとならないと気づいた、と進次郎は言っていた。

「あ、そういうのをやりたいわけではないです。ああいうのって……ひとがたくさんいて、花を見るより、宴会って感じだったので……とにかくおおぜいのひとが集まっていて、それはそれで楽しかったですけど。僕は子どもだったから、花を見るより食べるものことばかり気にしてましたし」

「やっぱり孝志くんは都会っ子だな。たぶん君が言うほど、このあたりのそういう花見の名所は、たくさんのひとは集まらないと思うよ」

そうなのかな、と孝志は不思議に思った。確かに、以前に住んでいた街は、この家の近くからは考えられないほど建物が密集して、土地の隙間はなかった。朝から夜遅くまで、駅までの道はひとが絶えることはなかった。土曜の夜のショッピングモールに行くと、孝志はそれを思い出す。

「そういうもんなんですね。でも、ひとつところでじっとして見るより、お兄さんが言うようにドライブしながら見てみたいですけど……」

そこで孝志はハッとした。「運転するなら、お兄さんは花見ができないのでは？」

「川沿いの道の並木で、桜になってるところがある。そこを走れば、正面を向いていても桜並木が目に入るから、俺も運転しながら見られるんだ」

進次郎は笑った。

にゃん、という鳴き声がする。みかげがボックス席から出てきたのだ。進次郎はみかげに歩み寄ると、抱き上げた。

ほかの猫店員は思い思いに店内を歩き回ったり、隅っこで丸くなったり、ボックス席に詰まったりしている。みかげが抱き上げられたのをちらりと見た猫店員もいた。

「ミケも行こうぜ、花見」

『それはいいが、墓参りをしてからにしたほうがいいだろう。きのうは命日だったはず』

めずらしく、みかげが猫の姿でしゃべった。命日、という単語に、孝志はどきりとした。

「……そういえば、そうだったな」

進次郎が、抱いた黒猫を見ながら眉を寄せた。

「命日、とは……」

「母さんが死んだのが、七年前のきのうだ」

孝志は目をしばたたかせた。

「その……法事とか、やらないんですか？」

「そういえば言ってなかったが……」と、進次郎はにやっとした。「じいさんも母さんも俺も、亡くなったばあさんも、一応クリスチャンだ」

初耳である。孝志はあまりにもびっくりして声が出なかった。

「え、……でも、お墓が……」

夏に墓参りで訪れた小野家の墓は、どう見ても、よく墓地で見かけるタイプの墓だった。

「そんなに驚く孝志くんは、めずらしいな」

進次郎はニヤニヤしている。「あの墓地は、あれで仏教以外の宗教でも入れてくれるんだ。あの墓石は、手に入れやすいものだったらしい」

「はあ……」

孝志はただただ、相槌を打つばかりだ。

「じいさんが昔、洗礼を受けて、ばあさんも受けて、その流れで母さんも俺も生まれたときに受けたらしいんだが、物心ついたころから教会に行ったことなぞほとんどない。じいさんの書棚に聖書はあったから読んだが、その中の知識しかない。入信しただけの不信心者だな」

「なるほど……」

それにしても、と孝志は首を捻る。進次郎の祖父は、あやかしと関わる力をみかげに与えて化猫とし、術者にならなかった。……その祖父がクリスチャンと考えると、なかなか不思議だった。神道や密教なら納得しただろう。ただの孝志の印象だが。

「なんでキリスト教に帰依したのか、じいさんに聞いたことがあるんだが……」

進次郎は腕の中のみかげの毛並みを堪能しながら、ますますニヤニヤした。みかげは胡乱げに進次郎を見上げる。

「仏教だと死ぬときに戒名をつけられるだろう。あれが、びっくりするくらい金がかかる。それが胡散臭くていやだったんだそうだ」

孝志がポカンとすると、進次郎は具体的な金額を口にした。この十年で母親と祖父を亡くした進次郎は、葬祭会社に支払った費用を記憶していたので、それと比較して教えてくれる。聞いただけで孝志はうわっとなった。戒名の費用は葬儀費用の全額を上回っていた。

「まあ、お寺によるだろうが……とにかく、信仰がなければその金額は納得がいかないと言っていたな」

「その気持ちはわかります。いくら習慣といっても、文字や名づけにそこまでお金を払うのは、なんというか、余裕がないとできないですよね」

余裕とはつまりお金のことだ。

「じいさんは、墓参りはともかく、定期的に坊さんに来てもらって法事をやるのも納得できないみたいだった。キリスト教は葬儀で司祭に謝礼を渡すがたいした金額でもなかったし、法事代わりの追悼ミサや死者の日はあるが、仏教のように家に来てもらうわけじゃないから手間もかからない」

進次郎は説明しながら、みかげの顎に手をやった。ゆびさきでくすぐるように撫でると、みかげが不本意そうな顔をしながらものどを鳴らし始める。

「毎年、盆だのお彼岸だので坊さんをよんで経を上げてもらうのは、なかなか煩わしそうだから、気持ちはわかる。じいさんはどこか合理的というか、自分が不必要と感じたことはしたくないたちだったしな」

みかげが、にゃー、と鳴いた。どことなく威嚇の響きを感じるが、進次郎が祖父をこきおろしたように聞こえたのかもしれない。みかげにとっては先代の宿主だ。

「おっ、どうした、ミケ」

進次郎はみかげの態度にやや戸惑っていた。「なんで爪立てる?」

進次郎が祖父を貶したことをそこまで怒っているのだろうか。今の宿主は進次郎だ。

……と、孝志が首をかしげていると、そばにいた猫店員がすっくと立った。店の戸口を見ている。外はもうとっくに夜だ。門からの道は明るく照らされている。大きな姿がそちらに見えた。お客のはずだが……

「あの、すみません」

戸をあけて中を覗こうとしたそのひとは、頭を少し下げた。そうしないと、つかえそうだったのだ。進次郎はそこそこ長身だが、その進次郎より頭はんぶんは大きく見えた。

「こちらにお邪魔したいんですが、自転車は、どこに置けばいいでしょうか」

問われながら、何かのスポーツ選手かな、と孝志は真っ先に思った。背が高く、体の厚みもそれなりにある。いかついというほどではないが、逞《たくま》しくはあった。扉を押さえている手も、とても大きい。

神妙な表情を浮かべる顔は、どことなく幼さが残っているように見えるが、かなりの男前だった。一見、スポーツを好きそうな、さわやかな青年だ。大学生かな、と孝志は思った。服装も動きやすそうでシンプルだ。

「ああ、だったら駐車場に」

「僕が案内します」

　みかげを抱いたまま説明しようとする進次郎より先に、孝志が進み出た。相手がすっと退くので外に出る。

「すみません」

　後ろから相手が言った。

「だいじょうぶです」

　門を出ると、歩道に自転車が置かれていた。驚いたことに、ハンドルの上に白い大きな鳥がとまっている。孝志はぎょっとして足を止めた。

「ああ、だいじょうぶです」と、今度は彼が言った。

　見ると、苦笑している。

「えっと……」

　孝志が戸惑うと、白い鳥はバサッと音を立てて飛び上がった。ぐるりと頭上を旋回すると、自転車のハンドルを手にした青年の頭におり立つ。

　さすがに孝志も、初めて見る光景にただただまばたいた。

「ああ、……その、気にしないでください」

　彼は、困った顔になりつつも、ちょっと笑っていた。

しかし、気になる。

孝志は、白い大きな鳥をまじまじと見つめた。白いと思ったが、よく見ると、わずかに赤みがかっているようにも見えた。赤い……夕焼けの色を照り返しているように見えなくもない。とっくに陽は落ちて、暗がりの中、街燈もなく、みかげ庵の門前を照らす灯りしかないというのに。

「ええと……当店は、猫がいます。なので、鳥は、入れないんですけど……」

「承知しています」

彼がうなずくので、孝志はなるべく気にしないようにして、駐車場へ案内することにした。


店舗の隣に、駐車場がある。自動車だけでなく、自転車もそこにとめてもらうことになっていると、進次郎にきいてはいた。といっても、自転車の客が来た記憶が孝志にはほとんどない。

このあたりは平野の端だ。土地の起伏が多い。自転車で遠出をするのは向かないことを、孝志は毎日感じていた。といっても、自転車通学は気に入っている。

進次郎は同じように自転車通学をしていたから気にしてくれるようで、原付の免許を取ってみるか、と持ちかけてきたことがあった。孝志はそれより、バッテリーを搭載するアシスト自転車がほしい、と言ってみた。

　原付とは正確には原動機付自転車のことだ。自転車というのに、自動車と同じで免許が必要である。だが、電動のアシスト自転車は、ふつうの自転車と扱いが同じで、免許は必要ない。免許を取る費用や手間を考えると、アシスト自転車のほうが手軽に思われた。それに、原付のほうが本体の費用も、整備費用もかかるのではないか。

　自転車を駐車場の隅に停め、店に向かおうとしたとき、白い鳥がいなくなっていることに孝志は気づいた。だが、青年の表情はまったく変わらない。

　孝志が見上げると、にこっ、と笑い返された。男前だが、かわいげのある笑顔だ。人なつっこそうだなあ、と孝志は思った。

「あの、食べるものってありますか？」

　門をくぐるときに尋ねられて、孝志は戸口で振り返った。

「うちは、猫がいるので、食べるものは出さないんですが……ご要望なら、兄、……店主にきいてみます」

　孝志が言い直すと、彼はまた、にこっとした。

「お兄さんなんですね」

「はい」

　孝志がうなずくと、青年は満面の笑みになった。明るい笑顔なのに、明るすぎて、まぶしい。孝志は内心でやや怖じ気づいた。彼の明るさは、後ろ暗いところまで照らし出してしまいそうな気がしたのだ。

「じゃあ、自分で訊きますね。お邪魔します」

孝志が先立って店内に戻る。つづいて青年が入った。

「いらっしゃいませ」

進次郎が声をかけてくると同時に、にゃっ、と猫の鳴き声がした。

「おっと」

青年が、その場でたたらを踏んだ。いつの間にか、白い猫が彼の足もとにいたのだ。踏みそうになったようだが、なんとか避けている。

「おや、……これは……」

彼はびっくりしたように、まじまじと白猫を見つめる。

孝志も驚いた。この店で白猫といえば、進次郎だ。猫店員に白猫はいない。白い部分が多い猫、ならいた。だが……孝志は思わず、じっとその白猫を見た。

あれ？　と気づく。白さが、微妙に異なって見えたのだ。進次郎と同じ白ではない。どことなく、淡い色を帯びているようにも見えた。灯りのせいだろうか。

「孝志くん？」

「あっ、すみません」

カウンターの中から、進次郎が訝るように呼びかけてきた。孝志は顔を上げて答える。

「自転車はきちんと置いてきました」

「なら、いいけど」

もちろん進次郎はとっくにみかげを放して、接客のためにカウンター内に入っている。そこから青年の足もとを見た進次郎は、あれっ、という顔をした。

「その子、さっきからいたか……？」

いつも猫店員をぬぐうので、どんな模様の猫が来ているかはわかっている。やはり、そうだ。白猫はいなかった。

白猫は青年の前でぐるぐる回った。イライラしているように見える。にゃあにゃあと、しきりに威嚇じみた声をあげていた。

「ふふ、ははっ」

たまらない、というように青年が声を立てて笑った。「お、おまえ、そんな可愛い姿になれたのか！　速水《はやみ》さんのリヒトみたいに可愛いじゃないか！　ああ、おまえはいつもどんなときでも可愛いが！　はははははっ」

わけがわからない。孝志はちょっと怖くなってしまった。

青年はそんな孝志の内心にもちろん気づかないようで、身をかがめると、ひょい、と白猫を片腕で持ち上げた。あまりにも無造作ではらはらするが、白猫はふにゃっと鳴いたものの、抵抗しない。

「はあ、やれやれ。まさかこんなことになるとは……おもしろすぎますね」

彼は独りごちながら、白猫を小脇に抱えてカウンター席についた。丸椅子が軋《きし》む。

進次郎は戸惑いがちに彼を見た。

「お客さん。その、猫はテーブルに上げないでいただきたいんですが……」

「ああ、そうですね。わかりました。……いや、その」

隣の丸椅子に白猫を座らせた青年は、進次郎に向き直った。「ええっと……まずは、注文します。ホットミルクをください。それと、……僕はこの店に用があって、うかがいました」

ホットミルク、と注文を口の中で繰り返していた進次郎が、んっ、と眉を上げる。

「ここに、用が？　猫を撫でていただくこと以外でしょうか」

「はい。……用というか、お使いというか……」

青年は、もごもごと口ごもった。

その隣の丸椅子で、白猫が、にゃん、と弾むように鳴く。

「いや、自分でちゃんと説明する。いつまでも甘やかされて、と速水さんにぼやかれてしまうではないか」

白猫が、前肢をのばした。丸椅子からはみ出がちな彼の腿に、ぺたり、とよりかかる。よりかかられたほうは、ふふ、と笑った。

「おまえ、その姿だと、いつもと違うな。甘えん坊だ」

にゃー……と、白猫が不服そうな声をあげる。しかし、彼の膝に前肢を置いて、のびをした。くつろいでいるようにも見える。

「……」

孝志は奇妙な気持ちになった。

怖さは消えているが、この青年が、白猫をまるで我がもののように扱っているように感じて、それが何故なのか、気になったのだ。いや、……気のせいでなければ、この白猫は、猫店員ではない。だが、彼が連れていたのは、……連れていたと言っていいなら、白い鳥だ。

白い鳥。

白い猫。

「その、すみません。僕はいろいろと不審だと思いますが……」

青年が気を取り直したのか、進次郎に向かって語りかけた。進次郎はホットミルクの準備をしつつ、はあ、とうなずく。孝志は思わず、白猫のいないほうの隣から彼に近づいた。

「あの、もしかして、その猫さんは、うちの猫店員ではない……ですよね」

孝志が尋ねると、彼はやや驚いたように目を瞠った。幼さが増して、高校生といっても通りそうな印象になった。といっても、かなり大人びた高校生だが。

「はい。どうして猫になったかはわからないんですが……」

「さっきの、白い鳥さんですか？」

孝志が訊くと、作業中の進次郎がちらりとこちらを見た。青年もややびっくりした顔になっている。おかしなことを言ったかもしれない。孝志は恥ずかしくなった。

「よくわかりましたね」

しかし、彼が笑ってうなずいたので、ほっとしつつも、驚いた。感情がまざり合って、どういう顔をしていいかわからなくなる。

「どこから話せばいいのかな……」

彼はそう呟くと、自分の膝にすがりついている白猫を、ひょいっと抱き上げた。ふふ、と微笑みながら白猫を撫で回す。白猫は、怒ったような声で鳴いた。

「ははっ、そう怒るな」

白猫に向かって楽しげに笑いかけた彼は、白いもふもふを存分に撫で回しながら、椅子ごと孝志のほうを向いた。

「このお店については、知り合いから伝え聞きました。通いの猫が店員をやっていると。……それと、土地神がいて、この一画を守っていて……」

「土地神……」

　進次郎がホットミルクを客の前に置いて、眉を寄せた。「その、……そういうのに、詳しいんですか？」

「詳しい……というほどではありません。僕はまだ、勉強中であり、修業中なのです。たいした術も使えませんし。それと、今回はフィールドワークも兼ねて、こちらにうかがったんです」

　術！　と、孝志は叫びたくなるのをこらえた。彼は、術者なのだ。

　しかし進次郎は気にも留めていないようだった。

「フィールドワークというと、何かの研究をなさっている……？」

「そうですね。だけど、こちらに寄ったのは、違う用件です。僕は、弓束と名乗る巫蠱の土蜘蛛の足取りを追っているんです」

　白猫が、かぼそい声をあげた。どことなく悲しそうに聞こえる。

　巫蠱の土蜘蛛と言われて、進次郎は目をまんまるにした。

　進次郎はもともと、あやかしなどを信じていない。今ではむやみに不信を露わにすることはなくなったが、確信はしていないようだ。だから、灰色猫に身をやつして養生していた弓束についても、いなくなったあとに、半ば夢のように感じる、と言っていた。

訪れた客である赤の他人が、現実味のない単語を口にしたのだから、進次郎としては、あれが現実だったと認めざるを得なくなった、というところだろう。しかも、名前が一致している。

つまり、あの夢は現実だった。灰色猫は巫蠱の土蜘蛛であり、……この土地に入ったあやかしは、朔の影響を受けてもとの姿と異なる猫になることがある、というわけだ。

そして孝志は、客の撫でている白猫が、さきほどの白い鳥であることを確信した。

「ええっと、……僕は、宗近《むねちか》といって、横浜で大学院に通っています。術者のたまごでもあって……僕のお師匠さまは、傷ついたあやかしを癒すことができるんです。あやかしのお医者さんですね」

「……」

孝志は黙って、宗近と名乗った男から、カウンターの中の兄に視線を移した。兄は、ぽかんと口をひらいている。何を言っているんだ、と言いたげだ。

にゃん、と奥のほうから声がした。するるっ、と孝志に歩み寄った黒い影が、孝志が前にしている丸椅子に跳びのる。

『あまり急にいろいろなことを言わないでくれ。俺の主は、そういうのに疎いうえに疑っているので、なかなか納得できないのだ』

「おや」

宗近は、見上げるみかげに笑いかけた。「君が、このお店の猫又さんですね。僕の知っている猫又さんも、しっぽが一本なんですよ」

『ほう。それはそれは。……ともかく、なぜあの土蜘蛛を追う？　術使いというならば、退治でもするのか？』

「まさか」

宗近は慌てたように首を振った。「さきほども申し上げましたが、僕のお師匠さまは、あやかしを癒す、お医者さんです。あの土蜘蛛は、宿主を捜してほうぼうを訪ね歩いていたようですが、お師匠さまの事務所にも来たのです」

「確かにそれは僕たちも訊きました。宿主に捨てられたけど、会いたくて捜していると」

孝志がうなずくと、宗近は眉をひそめた。

「捨てられた……というわけではないようですが……」

「そうなんですか？」

ううん、と宗近はうなった。

「そのへんはいろいろと事情があるようで、僕は、置いていかざるを得なかった、と聞いてはいます。捨てていった、とはだいぶん違うかと」

孝志はなんとなく、複雑な気持ちになった。弓束が捨てられたわけではないのなら、それはそれでいいことだ。だが、進次郎はどうだろうか。自分が捨てられたようなものだと感じている進次郎は、……

「捨てられたんじゃないならよかったですよ」

まるで孝志の心を見透かしたように、進次郎が言った。見ると、微笑んでいる。

兄の言葉が心からだと感じて、孝志は妙にうれしくなった。

「……弓束さんが僕のお師匠さまのもとを離れたあとで、僕の姉弟子が、偶然、彼の捜している宿主と出会ったんです。相手も、弓束さんを捜していたんですが……その、なかなか自在にあちこちへ行くことのできない身だったので」

「相手も……？」

孝志は思わず鸚鵡返《おうむがえ》しをした。「でも、弓束さんは百年以上捜している、と言っていましたよ」

「ああ、そこまでご存じなんですね」

宗近は、困り笑いをした。「これに関しては、僕たちもちょっと眉唾というか……いえ、とにかく、確かにそのかたは、ほんとうに弓束さんの宿主のはずです」

歯切れが悪い。ぱっと見ただけでもわかる程度に、宗近は風通しのよさそうな男だ。

それが言いかけてやめるとは、何か事情があるのだろう。

　進次郎は宗近を見てうなずいた。

「わかりました。なんかその、あやかし……みたいなものに関わることは、俺たちの感覚ではよくわからないことも多いってのは、わかってるので。とにかく、弓束さんの捜している相手も弓束さんを捜したいけれど、自由には動けない。そういうことだと思っときます」

「そう言っていただけると助かります」

　宗近の顔が明るくなった。よほど説明がしづらかったのだろう。抱いている白猫が、うにゃん、と不服げな声をあげる。宗近ははっとして、今さらのように白猫を膝の上におろした。白猫は、宗近の広い膝の上でだらりと体をのばす。はあ、と息をついたのが、人間の溜息のようだった。

「それで、……弓束さんはこちらに寄られたんでしょうか。僕、ずっと足取りを辿ってきました。隣町の土地神さまに教えてもらって、ここに寄ったらしいって言われたのですが」

　なぜ、隣町の土地神が、弓束がここに来たことを知っているのだろうか。土地神の寄り合いでもあるのだろうか。ふと孝志は思った。

「隣町の、土地神……」

進次郎は繰り返した。何か言いたそうだ。信じがたいのを、我慢しているのだろう。裏庭に神さまがいるのだから隣町にいてもおかしくないのだと、理詰めで考えていそうな顔だ。

「弓束さんは三日ほどこの店にいましたよ。先週の土曜にいなくなりました。だけど、どちらに行くかは、聞いてないです」

「ああ……」

気を取り直した進次郎の答えに、宗近は溜息をつく。「僕が遅かったのですね。それは、困りました……どこへ向かったかわからないとは……」

宗近は、溜息をついて顔を覆っている。

孝志はちらりと進次郎を見た。

進次郎も、孝志を見ている。

孝志が何を言えるはずもない。進次郎が店主だ。

「その……宗近さん、でしたっけ」

「はい」

進次郎が呼びかけると、宗近は、ぱっと顔を上げる。

「うちの神さまに、訊いてみましょうか」

「ええっ。いいんですか？」

大げさな芝居のように、宗近は驚いてみせた。

茶番かな、と孝志は疑念に駆られた。

といって、閉店までまだ時間がある。宗近の求めに応じて、特別に進次郎がオムライスをつくった。久々のオムライスだ。チキンライスではないことは、注文の際にあらかじめ断った。

「チキンライスでなくても、おいしそうです」

長居をすることになったため奥のボックス席に移った宗近は、置かれたオムライスを見て笑顔で言った。白猫は、彼の腿にもたれ、心地よさそうに目をつむっている。

「お口に合いますように」

ほかにも客が訪れていたので、運んだ孝志は小声で告げた。メニューに載っていない食事なので気遣ったためだ。以前は、ほかの客がいないときに頼まれていた。みかげ庵は以前より繁盛している、と孝志は思った。

注文で客に呼ばれたので、それ以上は言葉を交わさずボックス席を離れる。

注文を取り、進次郎に通す。するとまた、店の扉があいた。

「いらっしゃいませ」

めずらしい。宗近以外に、同時に店内に客が三組いる。大繁盛だった。

その後、引きも切らず客が訪れた。孝志が初めて経験するほどの繁盛ぶりだった。といっても、常にどこかの席がひとつはあいている。常連も来たが、初めて見る客のほうが多かった。しかも初見の客はみんな、注文した飲みものを飲む時間も含めて三十分ほどしか滞在せず、猫店員を愛でることもほとんどなく、さっさと去った。いつもなら撫でられたがる猫店員も、常連のスポーツクラブ帰りの奥さんたちにしか近寄らなかった。

そのせいかわからないが、結晶は一回ぶんに満たなかったので、何も持たずに裏庭へ向かう。

オムライスその他の勘定を済ませた宗近は、靴を持って奥の廊下を進み、裏口から出た。白猫が、その後ろからつづく。孝志はそれを後ろから眺めて、大きな背中だなあ、と感心した。何を食べてどう鍛えたらそうなるのだろう。といっても、小山じみた大きさではない。ほどよく均整の取れた体つきだ。

進次郎もそれなりに身長があり、痩せすぎでもなければ脂肪がつきすぎているわけでもないが、宗近に比べると細いといえるだろう。

日付は変わっていないが、すでに深夜だ。裏庭に出ると、センサー式のライトがついた。ちょっとした土地が明るく照らされる。特に何もない、自家用の駐車場の余った部分とも言える。

「ほう……」

宗近は靴を履いて地面を踏むと、感心したように声を漏らした。その足もとに、ぴょいっ、と白猫がおり立つ。

みかげがのそのそと出てきてから、孝志は裏口の扉を閉めた。

「これは、これは。素晴らしいですね。すてきだ」

深夜だから気遣って小声だったが、たまらないように宗近は感嘆した。そんなに讃《たた》えるほどだろうかと孝志は思った。自分たちとは違うように見えているのだろうか。修業中の術者なら、そうかもしれない。

「こっちが、うちの神さまのいるところです」

進次郎が祠に近づいて、手で示した。

その後、祠に顔を向ける。

「神さま。お客さんが、お話をうかがいたいってことなんですけど……」

「はい。少し、お邪魔します」

宗近はすっと背を伸ばして、大股で祠に近づく。白猫が、ふわっふわっとした足取りでそれにつづく。宗近が近づいたので、進次郎は脇へ下がった。

宗近は祠の少し前で止まり、地面に埋められた石に膝をつく。

「こんばんは。少しお伺いしたいことがあるのですが、お話を聞かせていただけませんか。僕は、宗近靫正《ゆきまさ》と申します」

宗近が下の名まで名乗った。武士みたいな名前だなあ、と孝志は思った。そう考えると、宗近はどことなく大仰《おおぎょう》な物言いをするところも、昔ふうな印象がある。武士は一人称に「僕」を用いないだろうが。

「やれやれ……またやっかいな」

朔のぼやく声が祠から聞こえた。「遠方より来たのならば、むげにもできんな。そこをちょっと退いてくれ」

その言葉に従って、宗近が立ち上がり、二、三歩下がる。進次郎と孝志は、それにつられて左右に分かれた。宗近を中心として、三人で横並びになる。

「おお……」

祠から白い雲がふわふわと漂うと、宗近は感心したように溜息をついた。夜だからか、雲はきらきらと光って見える。それに見とれていた。

あふれた雲は祠の前でくるくると渦巻き、やがていつも朔の姿になった。

「儂は、この家の者には朔と呼ばれている。そこの孝志が呼び名を教えろというので自分でつけた。新月のことだ。おまえもそう呼んでいいぞ」

「さく」

宗近は妙な顔をした。「……それは、畏れ多い、……ともあれ、顕現《けんげん》いただき、誠にありがとうございます」

「朔さま。この宗近さん、あの、弓束さんを捜しているそうです」

「ほうほう。宿主を捜している式神のあやかしを捜している、か。なんという追っかけっこ」

孝志が説明すると、朔はおかしそうに宗近を見上げた。朔は孝志とさほど変わらない身長だ。自然と、宗近を見上げることになる。

「またなぜ捜している？　術使いなんじゃろ？　調伏して、式神にでもするのか？」

「いえいえ。式神ならば、僕にはもう決まった相手がしっかりとおりますので」

そう言うと、宗近は足もとの白猫を素早く引っ掴んで抱き上げた。その素早さにか、白猫が、にゃっ、と抗議の声をあげる。宗近は、朔に白猫の顔が向くようにした。

「あの、ところで、こうなったのは神さまのお力の影響のようなのですが……」

そう言いながらも宗近は、うれしげなぴかぴかの顔で、白猫を、なでなでなでなでなでしている。

「ふひひ」

朔は、鼻息のように笑った。「それはすまん。ヒトの姿で入ってくるか、儂より強ければ、どうもならんが……そうでないあやかしには、その姿になってもらうよう、この土地には仕掛けてあるんじゃよ」

「えっ」

進次郎がびっくりしたような声をあげた。

孝志は、弓束が灰色猫に転じた場面を夢で見ていたので、なんとなく察してはいた。しかし、朔がはっきりとそのことを口にしたのはこれが初めてだった。

「それ、どういう意味ですか、神さま」

何故か進次郎は必死だ。「その姿って、つまり、猫……」

「いや……進次郎、おまえにははっきり言っていなかったというか、黙っていたというか、内緒にしていたが……ここに来る猫店員の三分の一から半分くらいは、猫の姿に転じた、あやかしだ」

進次郎は、口を大きくあけた。

宗近はふしぎそうな顔をしているが、口をひらかない。

「その、……どうしてそんなことに？」

やっとのことで、進次郎が問う。

「猫、可愛いから」

朔の答えは短かった。

「そうですね。猫、可愛いですね」

孝志は答えながら裏口を振り向いた。そこには首もとだけ白い黒猫がちょこんと座っている。何か言いたそうではある。

「ミケも、そうなんですか？」

進次郎が、おそるおそるみかげを振り返った。みかげは目をキュッと細めた。苛立っているようにも見える。

「いいや」

朔は真顔で首を振った。「進次郎、おまえの祖父がここにみかげを連れてきてから、儂は、猫が可愛いと気づいたんじゃ。幸次郎は、みかげをたいそう可愛がっていた。可愛い、可愛いと、しきりに言う。儂は最初、ただの口癖かと思ったが、あいつ、ほかのものには、そこまで可愛いと言わなかったのでな」

つまり、朔はみかげを可愛いと思っていて、そう感じるようになったきっかけは進次郎の祖父だったのだ。

進次郎の祖父は、妻や娘や孫より、みかげにばかり「可愛い」と言っていたのかもしれない。……進次郎の母や祖母がみかげに冷たく当たっていたときいたことはあったが、だとしたら納得がいくな、と孝志は思った。

「客人には関係のない話ですまんが、……進次郎、おまえが結晶を集めるために猫店員のいる店で接客するようにしたのは、儂が猫を可愛いと思うようになっていたからなんじゃよ。そして、儂をそのようにしたのは、みかげじゃ。……ゆえに、進次郎、おまえを元に戻すための仕組みをつくった対価は、すでにみかげから得ておる」

みかげが、ニャー……と鳴いた。目が丸い。驚いているのかもしれない。

朔はそれに、ふふ、と笑いかけた。

「みかげ、実はおまえが、先に儂に与えてくれたんじゃ、猫は可愛い、とな。……ついでに儂は、その仕組みでもうひとつ、解決しようと考えてな」

朔が意外なことを語り始めた。進次郎はますます怪訝な顔になる。

「ほれ、一石二鳥だったか。ひとつのことで複数の利をあげれば、なんとなく、お得な感じがするじゃろ？」

「実際に、お得ではありますね」

なぜか、宗近がしきりに白猫を撫でた。白猫は、妙に鼻面をピクピクさせている。

「あやかしにもいろいて……ヒトに傷つけられても恨むこともできず弱っていくだけのものも多い。儂はそれが少し残念でな。そのうえ、そういうあやかしは、ヒトにとっては受け容れがたい見目であることがほとんどでもあり、……なのに、ヒトのためになりたかったと考えるものは少なくはないんじゃ」

受け容れがたい見目とは、つまり外見が醜いということか。孝志はちらりと考えた。ひとは見た目が九割と言われることがあるとは、孝志も耳にして知っていた。確かに、出会ったばかりの知りもしない相手では、どのようなひととなりか、外見でしか推し量れないのは事実だ。

店に初めて来る客の見た目がいかつくて怖かったり、物々しい雰囲気だったりすると、孝志は不安になることがある。同時に、今までなんの気なしに利用してきたあらゆる店舗で接客をするひとたちはどれほど神経を磨り減らしているだろうか、と想像もするようになった。

みかげ庵の客は猫店員を目当てに訪れるので、見た目がいくら怖そうでも、猫店員をやさしく撫でてうっとりしているばかりなのが、助かるといえば助かっていた。

「それって……おばけみたいなのが、人間のためになりたいってこと、ですか？」

進次郎は、信じられない、とでもいうように朔をまじまじと見た。「なんで？」

「……あやかしを生み出すのはヒトじゃよ。ヒトの怯えや怖れが、万象に宿り、形作る。あやかしにとって、ヒトは親も同然なんじゃ」

孝志はそのことを両親に教えられて知っていた。だが、進次郎は知らなかったようだ。そして、のみ込めないのだろう。首をかしげている。

「まあ、わからずとも、そうだと思ってくれ。……それでな、儂は、もう消えていくばかりのものでも、最後に少しでもヒトに愛でてもらえたら、すんなり消えられて、よろしくない残滓《ざんし》もなかろうと考えた。これはただの儂の都合ではある。よろしくない残滓が陰に溜まると鬱陶しいのでな」

「……それで、猫に？」

孝志が訊くと、朔はうなずいた。

「ああ。この土地に入るあやかしは、一部を除いて、……特に、近いうちに消えていくであろうものは、猫の姿になるよう仕掛けをつくった。偽りの姿であれども、可愛い、可愛い、と撫でられれば、それまで愛でられることを知らずにいたものどもは、ふんわり、じんわりして、消えることにためらいがなくなっていく。……これはなかなかよい仕組みであろう」

得意気に、朔は説明した。

「思い残しを、なくしてあげているんですね」

宗近が、震える声で言った。痛みでもこらえるような顔をしている。抱かれている白猫が、心配そうに、にゃあ、と鳴いて、宗近の頬に前肢をのばした。ぽむ、ぽむ、と、肉球が頬を撫でさする。

「ああ、……サクヤ、すまない、気にしないでくれ。僕が悲しむことではないな」

宗近は、白猫に笑いかけた。白猫は、るる……と喉を鳴らす。どことなく心配そうだ。過保護な親と無邪気な子どものようだ。もちろん、白猫が親で、子どもが宗近でである。

「ほう。そのものはサクヤというのか」

「はい。僕の式神です。……もう、ずっとずっと前に会って、……二度と離れないと約束しました」

宗近は、ひどくまじめな顔で朔を見おろした。「神さま。ありがとうございます」

「何が？」と、朔はちょっと笑った。「おまえの式神を猫に転じたのにか？」

「あ、それはそれで、ありがたいというか、僕としては、ちょっと楽しませていただいてます。それに、ここから出たらもとに戻るのでしょう」

宗近は、ふふっと笑いながら白猫を撫で回した。白猫は、フーッ、と息を吐く。表情や動きがゆたかな猫だ。

「それとはべつで……あやかしにやさしくしてくださるその気持ちが、僕にはありがたいのです」

「何度も言うが、儂の勝手都合でやっていることじゃ」と、朔は肩をすくめた。「それと、おまえの式神は猫に転じたが、おまえの影に隠れてここに入ってきたから、仕組みの影響を受けただけでな。地下にいると受けやすいんじゃよ。儂より弱いわけではないし、近いうちにどうこうもならんし、外に出れば元に戻る。心配は要らん」

「そのような心配はしておりませぬ。サクヤは僕と一緒にしか死にませんので」

思わず孝志は進次郎と顔を見合わせた。何を言っているのか、と、進次郎も思っているようだ。

「あっ、サクヤが死んだら、僕も死にますしね」

「ひぇっ」

進次郎は、怖そうに宗近を見た。さすがに、どうかしている、と思ったのだろう。

孝志もそう思った。尋常な感覚ではない。いくら術者と式神が深いつながりを持っていても、そんな関係になるとは孝志も聞いたことがなかった。どうしてそんなことになっているのか気になったが、宗近は説明する気はないようだった。

「ところで話を戻しますけど、弓束さんはどちらへ行かれたんでしょうか。教えてください」

朔に尋ねる宗近は妙に強気で、へりくだる気がまったくないように見えた。「僕はどうしても、弓束さんを連れて戻らねばなりません」

「……そうは言うても」

朔は肩をすくめた。「頼みごとをするとき、手ぶらではだめだと、お師匠さんに教わってないか？」

「あっ」

　宗近は声をあげた。次の瞬間、にゃっ、と白猫が鳴いて、宗近の腕を蹴り、地面に跳びおりる。そのまま白猫は自家用の駐車場のほうに向かって外に駆けていく。

「サクヤ！」

　フェンスの下をくぐった白猫が歩道に出た瞬間、バサッと音を立てて白い鳥に変じた。羽ばたきの音が聞こえ、あっという間にその姿が遠くなる。

「あれが本来の姿か」

　朔が問うと、心配そうに夜空を見上げていた宗近が、はっとして視線を下げた。

「はい。サクヤは白い鳥なのです。なので昔は、鳥天狗と称しておりました」

「あの猫……鳥……いや鳥？　どうしたんですか？」

　心配そうに尋ねたのは、進次郎だった。宗近に対しては、客という感覚が抜けていないようだ。

　しかし、飛んでいったことはともかく、猫が鳥になったのは何故か問わない進次郎に、孝志は少しばかり驚いた。兄もそろそろ、信じようと信じまいと、この世には不思議なことなどいくらでも起きるとわかって、いちいち驚かなくなったのだろうか。

「その、対価になるものを取りに行ってくれたんだと思います。僕、近くにホテルを取ってまして……何かをお願いするときは、対価が必要なのはわかっていたのに、ここには手ぶらで来てしまって。申しわけありませんが、サクヤが対価になるものを持ち戻るまで、こちらで待たせていただいていいですか？」

「ここまできたら、いくらでもどうぞってとこですが……あしたでもいいのでは？　お急ぎなんですか？」

「やはりこんな深夜では、ご迷惑ですよね」

宗近が、しゅんとした。その態度があまりにも殊勝だったからか、進次郎はやや慌てたように首を振る。

「いや、そういうわけではないです……深夜になったのはこっちの都合だし。俺は問題ないですが、孝志くんはもう寝たほうがいいかもしれない」

「えっ、そんな、僕だけ先に寝るんですか？　どうせだから、最後まで見届けたいです。あしたも休校日なんだし。それにこのままじゃ、どうなったか気になって寝つけないと思います」

孝志が言葉を重ねると、進次郎はかすかに唸った。さらに孝志は、じいっと兄を見上げる。進次郎はしばし考えたあとで、はあ、と溜息をついた。

「確かに、ここで引き取ってもらっても、どうなったかが気になるな……」

にゃっ、と鳴き声がした。みかげが進次郎を見つめている。何か言いたげだ。

「わかったよ」と、進次郎はそれへうなずきかけた。

「お兄さん、みかげさんの言うことがわかるんですか？」

「いや、そういうわけでも。この状況でミケが言いそうなことを察しただけだよ」

進次郎は肩をすくめた。ふふ、と苦笑する。

「俺もだいぶ毒されてきたな。多少のことでは、うそだろ、とか思わなくなってる」

「まあ……お兄さんの場合は、猫になっちゃいますからねえ……もともと、ふしぎなことを信じられないのが矛盾してただけなんですけど」

「猫に?」

宗近が振り返った。怪訝そうに進次郎と孝志を見比べる。

「兄は猫になるんです」

「昼間だけ、俺、猫なんですよ」

孝志と進次郎の声が重なった。

宗近の顔に、何を言っているのか、という表情が浮かぶ。孝志としては心外だ。宗近のほうがよほどわけのわからないことを言っているのに。

「その……お兄さんは、あやかしというわけではないですよね」

宗近が、おそるおそる尋ねた。

『俺の願いで変化するようになっただけだ』

みかげの声がした。次いで、黒猫がぴょいっと進次郎の足もとに跳んでくる。

「おや。そうなのですね」

宗近はにこにこしてみかげを見た。みかげはその視線から逃れるように顔を逸らす。

「宿主さんを、大好きでしょう」

『それが何か？』

みかげは、進次郎の足もとに落ちつくと、宗近を見上げた。目がくるくるしていて、とても可愛い。猫店員はたくさん見たが、うちの猫が最高だな……と、孝志は思った。

「お兄さんが、宿主さんなんですよね」

次に宗近は、進次郎を見た。はあ、と進次郎が答える。

「宿主……っていうのが、俺の考えてたのとはちょっと違うみたいですけど、そうなんでしょうね」

「猫さんのこと、大好きですよね？」

進次郎はぎょっとしたようだ。なぜそんなことを訊くのか、と、顔に書いてある。

みかげが進次郎を見上げた。ゆらり、ゆらり、と、長いしっぽが揺れている。

「……去年の今ごろは、だいきらいだった」

進次郎は、ゆるゆると口をひらいた。その足もとで、みかげがしっぽの動きを止める。その顔はじっと、進次郎に向けられたままだ。

「こいつのせいで俺は、満月の日以外の昼間、猫になっちまう。ややこしいし、眠いし、……だけど、……孝志くんが来て、いろいろなことがわかって、俺も思い出したし……だから、……今まで悪かったよ、ミケ。ごめんな」

　進次郎は身をかがめて黒猫を掬《すく》い上げた。ぎゅっ、と抱きしめる。みかげは、ぶるるんっ、と鼻を鳴らした。

『前も謝ってもらったぞ』

　みかげが前肢をのばして、進次郎の顔をさわろうとする。ふふ、と進次郎は笑う。兄は泣きそうになっている。後悔することが、あるのかもしれない。孝志はそう考えた。

　いつまでも幼かった母に振り回され、その母を持て余していたかもしれない祖父。ふたりとも、兄にとってよくない意味で重たい存在だったろうに……もう二度と会えず、恨み言を聞かせ、謝ってもらうこともできない。――たとえふたりが生きていても、やさしい兄はのみ込んで、気持ちをぶつけられなかったかもしれないが。

　だけどみかげは、これから兄のそばに、ずっといるのだろう。だから兄は、そうしたいときに何度でも、過去の悔いを謝るだろう。

「俺の気の済むようにさせてくれ」

『それはまったく問題ないが、すまないと思うなら、撫でてくれ』

　みかげは告げた。『俺はおまえに、むかしのことを謝られるより、撫でられたい。いつだって、そうだ』

進次郎は、黒猫を抱き直すと、撫で回した。

宗近が、それをうらやましそうに眺める。

「宗近さんも、猫さんがお好きですか？」

サクヤがいつ帰ってくるか、わからない。ここで待ちたいと宗近が言うなら、さほどかからないのだろう。しかしぼんやり突っ立っているのも……と考えて、孝志は世間話のつもりで宗近を見た。

「まあ、好きというか、なんというか」

うーん、と宗近は腕組みをした。「可愛いと思いますし、好きですけど、僕にとっては、鳥がいちばん可愛いのです。サクヤが鳥なので」

ふひひ、と朔が笑った。

「やれやれ。術者と式神は場合によっては固く結びつくというが、宗近よ、おまえも相当のようだな」

「……相当……まあ、それも理由があるというか、なんというか、……僕、たぶん、生まれる前に、サクヤと会っているんですよ」

宗近はためらいながら告げた。その顔はやや不安そうだ。

「それは……運命の相手ですね。歌によくある」

進次郎が、真顔で言った。たぶん、茶化す気はなく、本音で宗近の話題にのったのだろう。

だが、宗近は恥ずかしげに目を伏せた。会ってさほど経たぬうちに芝居じみた言動を見せた宗近を、孝志は内心でやや胡散臭く感じ始めていたが、このときは本気で恥じらっているのがわかった。

「そ、そのように言われるのが、正直なところ、僕はとても……恥ずかしいのです。サクヤが僕のそういう相手だとしても特に問題はありません。ですが、なんというか、……ごくあたりまえのことなのに、大げさに言い立てるようで……」

「なぜそこで照れるのか、よくわからんな」

朔が訝った。「まあ、一度死んだら二度と戻れないものだから、あやかしになってまで現世にしがみつくもんじゃよ」

「ほら！　やっぱりそうですよね？　死んだら戻れないとは思うのです」

宗近は頭を抱えた。「だ、だけど……僕は、生まれる前にサクヤに会った、という気がするのです。サクヤにも言ったことはありませんが……話して、気のせいだ、と言われたらつらいので、とても言えない。幼いころに、サクヤを拾った気がするのです。同胞に捨てられていたのを……僕が、拾った……」

宗近は、そこで言葉を切った。はあ、と溜息をつく。

「弓束さんが、もとの主に捨てられた、と言ったとき、僕は、思ったのです。誰かが弓束さんを拾ってくれればいいのにと……僕は浅はかなので、そのとき考えていたのは、もとの主とはべつの誰かでしたが、ふふ、……生まれる前に弓束さんに出会っていた、という子が弓束さんを拾おうとしているので、力添えをしたいのです。似た境遇のひとを手伝いたいと、思ってしまって」

拾う、という言い回しに、孝志は、仔猫が雨の中で鳴いているさまを思い描いた。

「なるほど、なるほど。……まあ、儂は、自身のことしか考えておらん。ふしあわせなものは、できるだけ見たくない。本人がふしあわせでいたくないと思っていれば、よけいにな」

朔は、何故かわるぶっている。親切なことを言っているのに……と孝志は思って、はっとした。

進次郎は以前、親切と言われるのがいやだと、恥ずかしげにしていた。それに近いものを感じる。

「捨てられたと思わされていた弓束が、誰にであれ拾われ、望むとおりの扱いをされるようになれば、ふしあわせではなくなる。ならば、力を貸すのは吝《やぶさ》かではない。おまえの式神が持ってくる対価が、楽しみじゃよ」

「そのお気持ち、ありがたく感じます」

宗近はまじめくさった顔で言った。

しばらくすると、駐車場のほうで何か音がした。孝志がはっと振り返ると、アコーディオン式のフェンスの向こうに、誰かがいる。街燈は遠いが、その髪が薄明るい赤毛なのはわかった。顔色が白っぽい。着ているものも薄着で、全体的に淡い色合いをしている印象だ。

「あの……入って、いい？」

ひょろりとした男は、おずおずと問う。

肩を揺らして言ったのは、朔だ。「あけてやれ、孝志」

「おお、入るがいい」

神が許可したのだから、危なくはないだろう。人間の姿をしていても、人間ではないかもしれないが。

孝志は家と車のあいだを抜けた。広くはないし自転車もとめてあるから、通り抜けるのにやや用心が要る。自転車を家のほうに傾けてフェンスに手をのばした。深夜なので、音が響かないように、そっとあける。

「ありがと」

男はやわらかい声で礼を述べた。赤毛のせいもあって、孝志が町で会ったら思わず微妙に身構えてしまう層の若者に見えたが、笑いかけられるとみょうなかわいげを感じた。

「どうぞ」

孝志は、彼が通れるほどの幅にフェンスをあけ、促した。するりと男が入ってくる。再び、音を立てないように細心の注意をはらってそっとフェンスを閉じて、男の後ろから戻った。

「これしか持ってこられなかったけど、いいかな?」

男が、宗近に腕を突き出した。その手にしたものを受け取る宗近は、どことなくうれしそうで、誇らしげにも見えた。

「さすがは僕のサクヤ。何も言わずとも、」

「いやもう黙ってほんとに」

言いかけた宗近を、赤毛の男は慌てたように遮った。怒っているのかと思ったが、そうではないようだ。白っぽい頬がかすかに赤かった。

「俺は、ぼっ……若の式神だからね。なんだってしますよ、ほんと。あんたの考えてることなんて、だいたいお見通しだしさ」

「よし」

宗近はひどく満足そうな顔をした。つまり、この赤毛の男が、さっきまで白猫で、白い鳥、——鳥になって飛び立っていった、宗近の式神、サクヤというわけだ。

　孝志は特に驚きはなかった。ちらりと進次郎を見るとやや納得がいかない顔をしつつも、その手は腕の中のみかげをゆるゆると撫でている。みかげは気持ちよさそうにごろごろと喉を鳴らしていて、現れたサクヤにまったく注意を向けていない。

「では、神さま。お待たせしましたが、こちらを対価として差し上げますので、どうか、弓束さんの行き先を、教えてください」

　宗近が差し出したのは、手のひらにのせられるほどの、ちいさな紙の手提げ袋だった。朔は眉を上げる。

「どれ。ひとまず、中身をあらためていいか？」

「どうぞどうぞ」

　宗近がにこにこした。斜め後ろに立ったサクヤが、ふう、と溜息をつく。孝志は、彼が妙に照れているように感じて、内心で首をかしげた。

　朔は受け取った紙袋を片手にぶら下げ、他方の手で中身を取り出した。

「孝志」

　呼ばれて孝志は、はいはいと近づく。朔は孝志に紙袋を渡した。中から取り出した小箱は臙脂《えんじ》色で、リボンが縦にだけかかっている。朔はリボンをほどかず器用にはずし、また孝志に渡した。箱の表面に、地色より濃い色で何かの絵が描かれているのが、ライトの光に照らされて見えた。それが何か、孝志が判別する前に、朔は蓋をあけた。

「おお」

感嘆の声を漏らす朔の持つ小箱の中身を見て、孝志は、あっ、と思った。

中身は透明なフィルムに包まれた菓子だ。キャラメルに混ぜた胡桃《くるみ》をバター生地で挟んだ菓子を、孝志は知っていた。フィルムにはリスの絵が描かれているはずだ。箱に描かれていたのもそのはずだ。

「そのお菓子、おいしいですよ。僕、食べたことあります」

孝志が宗近を見ると、彼はうなずいた。

「そうです。これは日持ちするので、こういうときのためにいくつか持ってきていたのです。その小箱で手提げに入っているものは、おてごろでちょうどよくて」

「だったらここに来るときに持ってくりゃいいのに、なんで忘れるんだか」

サクヤがぼやいた。「俺も突っ込みそびれてたけどさ。だいたい、まずはようすを見るだけとか言ってなかったっけ……」

「うっかりしていたよなあ。自転車だと、この手提げを運ぶには難儀だ。しかし、弓束さんがどうしているか心配だったので、……善は急げというところだ」

そういえば、と孝志は思い返す。宗近は自転車なのはともかく、荷物は何も持っていない。自転車にヘルメットをぶら下げていたくらいだ。支払いをしたとき、財布を上着の内ポケットから出していた。スマートフォンは逆の内ポケットに入れているらしかったので、手ぶらも手ぶらであった。近所のスーパーに買いものに行く孝志より身軽かもしれない。

「なるほど、胡桃の菓子か。これは、旨そうだな」

小箱の中身を見ながら、朔は微笑んだ。見ただけでどんなものか見当がついたようだ。もしかしたら、進次郎の祖父がお供えをしていた中にあったのかもしれない。

「朔さまはお菓子、好きですか？」

「ああ」

朔は、子どものようにうれしそうな顔でうなずいた。去年のクリスマスケーキはみかげも含めた三等分だったが、次は四等分に切るよう兄に勧めよう、と孝志は考える。

おそらく、そのように何かの供物を捧げても、朔はアタリを出してはくれないだろうけれど、それとこれとは話が別だ。何かを誰かと分け合うのはとても楽しい。

「お気に召しましたか？」

「おまえは気が利いているな、宗近。このようなものを捧げられたら、さすがの儂でも、弓束の行き先を教えねばなるまい」

朔は機嫌良く小箱の蓋をしめ、孝志が持っていたリボンをもとのようにかけた。袋も取り上げて小箱をおさめる。

身をかがめて袋を祠に入れた朔は、しばらくその姿勢のままでいたが、手を少し動かしたあとで、ゆっくりと身を起こした。

「宗近。儂は弓束に、ここへ行くがいいと示した。持っていくがいい」

朔が宗近に差し出したのは、名刺ほどの大きさの紙だった。宗近は軽く頭を下げ、それを受け取る。

「……私設図書館『ひいらぎ文庫』ですか」

『なるほど。あそこへ行ったのか』

みかげが鼻面をひくひくさせた。

「みかげさん、知ってるんですか？」

『俺も行った。本を取り立てに来ただろう』

「ああ、……」

なるほどと孝志はうなずいた。

「みかげにも、儂が教えてやったんじゃ。そこには、あやかしにまつわる本が収められておる。ヒトが著したのではなく、あやかしの手によるものも……式神を持つ術使いについても、ある程度は詳しく知れるからな」

「これは、ショップカードでしょうか。ありがたい。地図がついている」

宗近は感謝のしるしか、頭を傾け、紙を持った手を額に当てた。「住所がわかれば、自転車で向かうのも苦ではない」

　それから、丁寧に紙を上着の内ポケットにしまうと、一歩下がって、進次郎と孝志を交互に見た。サクヤはさらにその後ろに下がっている。手持ち無沙汰そうにもじもじして見えた。

「朔さま、そしておふたりも、このたびはまことにありがとうございました。その、……術者でもないのに、あやかしの弓束さんによくしてくださって、僕はそれが、我がこと以上にうれしいです。ほんとうに、……そのお気持ちに、きっと弓束さんも、おふたりが想像する以上に助けられたことでしょう」

　宗近はそう言うと、頭を下げた。大きな彼が身を折るようにする。それを真似《まね》たのか、宗近の後ろでサクヤはもっと深く頭を下げていた。

「その、そんな、たいしたことはしてませんよ。猫だったから、餌と水やって、寝かせてただけだし」

　進次郎が告げると、宗近は頭を上げた。ふふ、と笑いながらサクヤを振り返る。

「横浜からえっちらおっちらやってきてよかったですよ。サクヤが猫になったのも見られたし」

　宗近が言うと、すでに身を起こしていたサクヤは、ふん、と鼻を鳴らした。だが、口は閉じたままだ。

「もしかして宗近さん、横浜からずっと自転車で来たんですか……？」

孝志はふと、疑問に思って尋ねた。宗近は、紙を内ポケットにしまうと、ああ、とうなずいた。白い歯がまぶしい。

「ずっとといっても、さすがに箱根の関所は電車で越えました。輪行《りんこう》の準備がややこしいので、あまりやりたくないのですが……」

輪行が、自転車を分解するなり折り畳んで袋に入れるなりして持ち歩くことなのは、孝志も自転車通学をするようになってから知った。確かに完全に分解するわけでもないが、慣れないとなかなか煩わしいだろう。しかしふつうはそれも承知した上で、自転車による長距離移動を敢行しているのではないだろうか。煩わしさを理由にずっと自転車で移動しているならばすごいことだと考えながらも、孝志は釈然としない気持ちになった。手段と目的が逆になっているような気がしなくもない。

「横浜から、自転車で……」

進次郎が胡乱げに宗近を見た。「それは、すごいですね」

すごいと言いつつ、呆れているようにも見える。あるいは信じていないのか。宗近の服装は、長距離を自転車で移動する者とは思えないのだ。

「これも修業のうちなのです」

「お師匠さんが、そうしろと?」

「そういうわけではないのですが……まあ、ゆっくりと旅をしたかったのですよ。ただ、それだけなのです」

　ふふふ、と宗近は微笑んで、自分の斜め後ろを見る。慣れたしぐさだった。

「つきあわされるほうの身にもなってほしいけどね」

　視線を受けたサクヤが、ぼそりと呟いた。

「ほう？　それは本心にはほど遠いようだが……」

　黙ってやりとりを眺めていた朔が、ニヤニヤ顔をサクヤに向けた。


　宗近が去るのを、孝志と進次郎は店の門前で見送った。みかげは進次郎の足もとにいる。朔は宗近とサクヤをひとしきりからかったのち、祠に引き揚げていた。

　宗近は、店の前の道を西へ向かった。どこのホテルに泊まっているか見当はついたが、そちらへ行くと猛烈なのぼり坂なのだ。のぼり切れるのだろうかと思った。

「それにしても、びっくりですね。きょうはたくさん、お客さんも来たし」

『……あの客たちの半数は、あやかしだろうな』

　みかげが進次郎の足もとで言った。進次郎が一瞬、ぎょっとする。だがすぐに、はあ、と溜息をついた。

「まあ、客があやかしでも、ちゃんとお金は払ってもらってるからいいけどさ……猫店員だって、猫じゃないのがいるんだろ？　でも、どこからどう見ても猫だし、みんなおとなしくてききわけがいいから、何も問題はないさ」

しかし、と進次郎は夜空を見上げた。「回りくどいな。あやかしを猫にして、人間に撫でさせて、結晶が落ちて、それを俺が祠に入れ、アタリをひく……と、俺が元に戻れる」

「遠回りですね」

「遠回りが最短の近道だった、とも言うし、ほかに方法もないからいいけどな」

ははっ、と進次郎は笑った。

孝志は少し驚いて、まばたいた。

以前の進次郎は、結晶でアタリをひけないことに苛立ちを見せることが多かった。諦めもしていたが……今はどちらでもないように見える。

楽しそうにすら見えた。

「お兄さん……楽しそうだ」

「ガチャをひくのは楽しいものだから」

進次郎は言いながら、身をかがめて片手でみかげを掬い上げた。宗近の真似をしているようだ。そのまま肩にのせる。

「それと、思ったんだ。猫でいるのもなかなかいいんじゃないかと。そう思うようになったのは……俺はたぶん、母さんに捨てられた子だったし……そんなの、誰にもわかってもらえないと絶望してもいたけど……」

孝志は、進次郎の言葉のつづきを待った。全身が耳になった気がした。

「孝志くん。君が俺を拾ってくれた気がしている」

みかげを肩に担いだ進次郎は、まっすぐに孝志を見た。

孝志は、目をまんまるにした。

「……拾わせてください」

そうだ、と、孝志は思った。

孝志が進次郎を救いたいと思った。だが、自分にそこまでの力はないのかもしれない、……だが、救えずとも、拾うことなら、無理ではないのではないか。

それにこれまでは、自分ばかりがずっと、兄のことで気を揉んでいただけだった気がする。でも今は、進次郎から孝志に歩み寄り、頼ってくれていると思えた。

「僕、何度でも、お兄さんを拾いに、どこまでも行きます……だから、もし、お兄さんがアタリをひいて猫にならなくなっても、ここにいさせてください」

孝志は、ぎゅっ、と拳を握り締めた。

進次郎は、目を丸くした。

「え、……そりゃあ、もちろん、君は俺の弟だから……いたいならいつまでもいていいんだが……?」

「お兄さんが猫にならなくなったら、僕はなんの役にも立てないですよ」

「役に立つとか立たないとかは関係なく、君は俺の弟だろう」

進次郎は苦笑しながら繰り返した。「そうだな、役に立ちたいという気持ちがあるなら、どこでもいいから進学してほしい。大学でも専門学校でもいいから、……そこで習ったことを、店で活かせるかもしれないだろう? もちろん費用は俺が出す」

そうか、と孝志はハッとした。進学すれば、もっといろいろなことを学べる。

今まで孝志は、進次郎の役に立ちたいと考えていた。進学先で店の役に立つ知識が得られれば、進次郎の役に立つことに繋がる。

「わかりました……じゃあ僕、お店の役に立つことを学ぶために、進学します」

といって、どんなことをすればいいか、今はまだわからない。これから考えよう。きっと兄も一緒に考えてくれるはずだ。

孝志の答えに、進次郎は、ふっ、と息をついた。呆れられたかと思ったが、微笑んでいる。

「君は、奇特なやつだなあ。弟なのに、甲斐性があるし」

「奇特でもないし甲斐性もないです。僕がそうしたい……お兄さんの役に立ちたいだけなので……だからもし、お兄さんが、……捨てられたというなら、僕はなんとしてでも、何度でも、どこへでも、拾いに行きます」

進次郎が、微妙に顔を歪ませた。笑っているようにも、泣き出しそうにも見えた。

「俺は、そこまで言ってもらえるほどの人間ではないし、……家族なんて、ろくなもんじゃないと思ってたけど……」

そんなことはない、と孝志は言いたいような気もしたが、進次郎の言葉を待った。

進次郎は、肩乗りの猫に頬ずりした。

「俺にとって、母さんとかじいさんは、最初からいた家族だった……そうじゃなくて、自分で選んだ相手なら、家族になっても、なんとかうまくやっていける気がする……今まで考えたこともなかったが……孝志くんと話していると、そんな気がしてくるんだ」

孝志の胸が躍った。自分の気持ちが、想いが、兄に通じている。そう、感じられた。

「歳月が経てば、自分も相手も変わる……だけど、こう、自分で選んだ相手なら、なんとかして歩み寄れるんじゃないかと、思えるようにもなって……だから……」

『だから、俺も、孝志も、おまえの家族だ、進次郎』

みかげが、目をつむって、進次郎の顔に体をすり寄せた。

「そうですね。……僕、お兄さんをしあわせにしますし、お兄さんも、僕をしあわせにしてください」

「ああ。だから、……これからも、よろしく頼むよ」

進次郎が、手を差し出す。

孝志はそれを握り締めた。

一年近く前も、こうして手を握ったが、あのときとは意味が違う。

夜空の下で、孝志は兄に笑いかける。

「お兄さんと、会えてよかった」


ずっと一緒にいる。

そう、心に決めた。

本書は書き下ろしです。
この物語はフィクションです。
実際の人物・団体等とは一切関係ありません。

ポルタ文庫
真夜中《まよなか》あやかし猫茶房《ねこさぼう》
楽園《らくえん》にいつまでも

2021年1月2日　初版発行

著者　椎名蓮月

発行者　福本皇祐
発行所　株式会社新紀元社
〒101-0054
東京都千代田区神田錦町1-7　錦町一丁目ビル2F
TEL：03-3219-0921　FAX：03-3219-0922
http://www.shinkigensha.co.jp/
郵便振替　00110-4-27618

カバーイラスト　冬臣
DTP　株式会社明昌堂
印刷・製本　株式会社リーブルテック

ISBN978-4-7753-1876-8